Nach Berlin, nach Berlin, nach Berlin!

Frank Möbus (Hg.)

Ringelnatz

Nach Berlin, nach Berlin, nach Berlin!

Gedichte, Prosa und Dokumente aus der Berliner Zeit

vbb verlag für berlin-brandenburg

Satz und Gestaltung: Pina Lewandowsky, Berlin
Umschlaggestaltung unter Verwendung eines Fotos von
Fritz Eschen aus dem Jahre 1933 © Klaus Eschen
Druck: Druckhaus Nomos, Sinzheim
Bindung: Josef Spinner Großbuchbinderei, Ottersweier

ISBN: 978-3-86650-370-0

2. Auflage 2009

Stresemannstraße 30, D-10963 Berlin
www.verlagberlinbrandenburg.de

Inhalt

Gedichte

Prosa

Dokumente

Wovon ein Adressbuch erzählt

Spät im Jahre 1933 legte Joachim Ringelnatz fest, wie der ihn betreffende Eintrag im Berliner Adressbuch für das kommende Jahr lauten sollte: »Ringelnatz Joachim Kunstmal Charlb Sachsenplatz 12 T«. Er, der während der letzten zehn Jahre einer der populärsten deutschen Schriftsteller überhaupt gewesen war, firmierte jetzt als: Kunstmaler in Charlottenburg.

Ganz falsch war das nicht. Besonders die Berliner Galeristen Alfred Flechtheim und Karl Nierendorf, Ausstellungen in der Akademie der Künste und andernorts hatten dafür gesorgt, dass der Autodidakt Joachim Ringelnatz auch als Maler weit über die Grenzen der Stadt hinaus bekannt geworden war. Die unter anderem von Carl Einstein geleiteten Auktionen seiner Gemälde müssen selbst für Berliner Verhältnisse spektakuläre Events gewesen sein: Da sprang, wenn das Bieten nicht recht in Gang kam, ganz hinten ein offenbar schwer angetrunkener Matrose auf, der sich krakeelend als Urheber des betreffenden Bildes zu erkennen gab, um das Bild besser zu verschenken, als es unter Wert abzugeben. Beim nächsten Los bot er dann selber mit – und spätestens beim übernächsten Gemälde brauchte er sich um die Höhe der Gebote keine Sorgen mehr zu machen. Viele bedeutende Sammler kauften seine Gemälde und Aquarelle, auch Museen erwarben Bilder von ihm, obgleich besonders manche seiner Ölgemälde zeigten, dass ihr Maler den Pinsel durchaus nicht so perfekt wie Schreibmaschine oder Füllfederhalter beherrschte und eine Neigung dazu hatte, durch schnelle Produktion Marktbedürfnissen nachzukommen. Seine Aquarelle allerdings sind oftmals überaus gelungen – des Bildes *Exotische Frauen* würde auch ein Otto Dix sich nicht schämen müssen.

Die Studenten der Vereinigten Staatsschulen für freie und angewandte Kunst in Berlin (der späteren Hochschule der Künste) hatten sogar ihr Wohltätigkeitskostümfest 1932 zu Ehren von Joachim Ringelnatz gefeiert und ihn auf den Schultern durch den Festsaal getragen. Aber dennoch wusste alle Welt, dass Ringelnatz vor allem eines war: Schriftsteller. Warum nun »Kunstmal«?

Mit dem einen einzigen Wort »Kunstmal« im Berliner Adressbuch des Jahres 1934 hat Joachim Ringelnatz sehr viel mehr erzählt, als man sich das auf den ersten Blick hin vorzustellen vermag. Es bedarf eines längeren (sozusagen adressbuchphilologischen) Exkurses, dies zu erläutern.

Am 28. Februar 1930 war Joachim Ringelnatz nach Berlin gezogen; die Wohnung am Sachsenplatz hatte er bereits 1929 angemietet. Zuvor hatte er im Münchner Stadtteil Schwabing in der Hohenzollernstraße gewohnt, doch das politische Klima in der Stadt, in der seit 1927 ein nationalsozialistischer Stadtrat herrschte, war für Künstler wie Joachim Ringelnatz unerträglich geworden. Wie er verließen zahlreiche Dichter in diesen Jahren die Stadt: unter anderem Franz Blei, Johannes R. Becher, Lion Feuchtwanger, Walther von Hollander, Ricarda Huch, Georg Kaiser und Heinrich Mann. Sie alle zogen nach Berlin, in die vergnügungssüchtige und kreative Hauptstadt der Moderne, in der die NSDAP damals noch kaum mehr als ein vorübergehender Spuk zu sein schien.

Joachim Ringelnatz feierte seinen *Umzug nach Berlin (1930)* in einem Gedicht:

Nach Berlin, nach Berlin,
Nach Berlin umzuziehn,
Aus der dümmsten Stadt in der Welt –
Wie das lockt!! – Ich, verdumpft,
Ich, verstockt und verstumpft,
Habe endlich mich auf den Kopf gestellt.

[...]

Mir ist wohl, mir ist weh –
So als ging ich in See –
Denn ich lasse auch Freunde zurück.
Doch ihr Freunde, folgt nach
Aus kleinpopliger Schmach
In den Großkampf um sauberes Glück.

Das *Berliner Tageblatt*, dem Ringelnatz den Text zum Druck angeboten hatte, lehnte ab. Der »Großkampf um sauberes Glück« war tatsächlich längst schon verloren – aber das ahnte Joachim Ringelnatz noch nicht.

[1] Der Dichter mit der von Renée Sintenis geschaffenen Büste, Fotografie von Fritz Eschen, Berlin 1933

In vollen Zügen genoss er das Leben in der Berliner Bohème, und sein Freundeskreis wimmelte von so berühmten wie interessanten Zeitgenossen: Karl Arnold und Oskar Coester, Emil Orlik, Rudolf Großmann, Fred Dolbin, Hans Wertheim, Else Lasker-Schüler, Carl Einstein, Carl Sternberg, Otto Dix, George Grosz, Paul Wegener, Tilla Durieux, Asta Nielsen und Renée Sintenis. Tür an Tür wohnte er mit Anny Ondra und Max Schmeling, unmittelbar benachbart waren der berühmte Schauspieler Willi Forst und der Komponist Paul Hindemith, auch der Filmemacher Veit Harlan, der im „Dritten Reich" mit Propaganda- und Hetzfilmen wie *Jud Süß* (1940) reüssierte. Mit dem Flieger Ernst Udet, dem Fußballer Hanne Sobek und dem singenden Schauspieler Hans Albers spielte er Skat; im legendären *Romanischen Café* und im Prominentenlokal *Bei Peltzer* in der Neuen Wilhelmstraße ging er ein und aus, wenn er nicht eben in der nahen *Westend-Klause* versackte, in die er seine gefürchtet unberechenbare Dackelhündin namens Frau Lehmann mitzunehmen pflegte, die, so will es die mündliche Überlieferung wissen, einstmals den Schauspieler Heinrich George in die Wade biss, als er in einen hitzigen politischen Wortwechsel mit Ringelnatz geraten war.

Man sollte sich den realen Joachim Ringelnatz der Berliner Zeit übrigens besser nicht als leibhaftige Dublette des Kuttel Daddeldu oder als einen versoffenen Matrosen auf Landurlaub vorstellen – das war seine Bühnenrolle, nicht mehr. Er war ein durch und durch urbaner Mensch, der schicke Kleidung und edle Tropfen schätzte. Oft trug er weiße Anzüge mit Weste, Gamaschen und modischem Gehstock – eher als Dandy denn als verkrachter Seemann trat er im Privatleben auf, und seiner literarischen Erfolge war er sich durchaus bewusst. Ringelnatz war ein Star, und so benahm er sich auch.

Der kreative Optimismus, den er in seiner neuen Heimat empfand, manifestiert sich im Gedicht *Am Sachsenplatz: Die Nachtigall*, das so beginnt:

Es sang eine Nacht . . .
Eine Nachti . . .
Ja Nachtigall am Sachsenplatz
Heute morgen. – Hast du in Berlin
Das je gehört? – Sie sang, so schien
Es mir, für mich, für Ringelnatz.

Zurück zum Adressbuch. 1931 war er dort als »Ringelnatz, Joachim. Schriftstell. Charlottenbg. Sachsenplatz 12« verzeichnet. Ein Jahr später, so belegt es die nächste Auflage, verfügte er auch über einen der damals noch recht seltenen Fernsprechanschlüsse, wie ein der Anschrift nachgestelltes T beweist. Zu Beginn des Jahres 1933 wurde dieser Eintrag nun auch noch um die Rufnummer 1686 ergänzt, und für Ringelnatz versprach das eigentlich ein gutes Jahr zu werden. Denn der eben im Verlag Ernst Rowohlts erschienene, in Berlin entstandene Band *Gedichte dreier Jahre* verkaufte sich (wie fast alle seine Werke) gut, obschon Literaturkritiker diese Texte als »entscheidendes Symptom für den Verfall der Dichtung« (Ernst Lissauer, *Die Literatur* 35/1933) ansahen oder als »Gift mit einem Schuß Himbeer« geißelten (Rudolf Paulsen, *Berliner Börsenzeitung* 283/1932).

»Verfall« und »Gift«: So bezeichnete man auch die Werke von unter anderem Bertolt Brecht, Alfred Döblin, Lion Feuchtwanger, Erich Kästner, Egon Erwin Kisch, Heinrich, Klaus und Thomas Mann, Erich Mühsam, Erich Maria Remarque, Ludwig Renn, Kurt Tucholsky, Franz Werfel, Arnold und Stefan Zweig. Wessen Texte die nationalsozialistische Presse mit derlei Begriffen belegte, der hatte in Deutschland während der folgenden zwölf Jahre keine große Zukunft mehr vor sich.

Am 10. Mai 1933 wurden die Bücher der Genannten und vieler weiterer Schriftsteller und Intellektueller auf dem Berliner Opernplatz und in 21 anderen deutschen Universitätsstädten auf die Scheiterhaufen der Bücherverbrennung geworfen, denn sie standen auf der 94 Namen umfassenden »Schwarzen Liste« der von den Nationalsozialisten meist gehassten Schriftsteller, die der Berliner Bibliothekar Dr. Wolfgang Herrmann aufgestellt hatte. Auch das Gesamtwerk von Joachim Ringelnatz wurde von den braunen Horden auf diese Vernichtungsliste gesetzt, und Joseph Goebbels geiferte als Brandredner in Berlin vom »geistigen Unflat«, »dem Unrat und dem Schmutz dieser jüdischen Asphaltliteraten«, deren Zeitalter »nun zu Ende« sei. Der Verkauf und auch die Ausleihe der ›schädlichen‹ und ›zersetzenden‹ Literatur durch öffentliche Büchereien wurde unter Strafe gestellt. Bühnenauftritte von Joachim Ringelnatz wurden aufgrund § 1 der Verordnung zum Schutz von Volk und Staat zur »Abwehr kommunistischer staatsgefährdender Gewaltakte« verboten. Das bedeutete für ihn das Ende seiner beruflichen Existenz. Ringelnatz geriet in bitterste wirtschaftliche Not; außerdem erkrankte er schwer an Tuberkulose. Ernst Rowohlt, der Maler Johannes Graf Kalckreuth, die Schauspielerin Asta Nielsen und ihr Kollege Paul Wegener versandten einen gemeinsam unterzeichneten Bettelbrief im Freundeskreis, um Spenden zu erbitten: »Seit mehreren Monaten ist der Dichter und Maler, unser Freund Joachim RINGELNATZ, an einem schweren Lungenleiden erkrankt und liegt zurzeit in einem deutschen Krankenhaus. Er war nicht in der Lage, seinen schriftstellerischen und künstlerischen Arbeiten nachzugehen. Da schon in den letzten Monaten vor der Erkrankung die Einnahmen aus seinem Schaffen sehr gering waren, müssen wir um die Hilfe seiner Freunde bitten. Die bisherigen Hilfsquellen sind jetzt erschöpft.« Tatsächlich gingen viele Spenden ein, auch Benefizveranstaltungen wurden geplant.

Doch die Lage war hoffnungslos; am 17. November 1934 verstarb Joachim Ringelnatz in seiner Wohnung am Sachsenplatz, im Alter von nur 51 Jahren.

Kurz vor seinem Tod schrieb er ein neues Gedicht über eine Nachtigall. *Großer Vogel* heißt es, und mit diesem Titel meinte der Verfasser wohl auch sich selbst, denn seine enorm große Nase hatten viele Karikaturisten zum Schnabel überzeichnet; auch er selbst hat sich in einer Reihe von Selbstporträts als Vogelwesen dargestellt.

Die Nachtigall ward eingefangen,
Sang nimmer zwischen Käfigstangen.
Man drohte, kitzelte und lockte.
Gall sang nicht. Bis man die Verstockte
In tiefsten Keller ohne Licht
Einsperrte. – Unbelauscht, allein
Dort, ohne Angst vor Widerhall,
Sang sie
Nicht – –,
Starb ganz klein
Als Nachtigall.

In der Gefangenschaft schrumpft der poetische Singvogel ein zur bitteren »Gall« – die »Nachti ...«, die er Jahre zuvor so hingerissen gefeiert hatte, verschwindet. Erst im Tod, in der Verweigerung des Singens, findet der *Große Vogel* Nachtigall ganz klein zu sich selbst und zu seinem vollen Namen zurück, ungebrochen durch: sein Schweigen. Für diejenigen, die sie knechten, wird die Nachtigall niemals singen, trotz aller Drohungen und Lockungen: »Ringelnatz Joachim Kunstmal Charlb Sachsenplatz 12 T«.

Die Nationalsozialisten hatten Joachim Ringelnatz die Existenz als Schriftsteller unmöglich gemacht. Nur als abgekürzter »Kunstmal« wollte er 1934 noch öffentlich sichtbar sein, obschon er kein Schreibverbot hatte und weiterhin zumindest harmlose Texte publizieren konnte. Aber einen »Schriftsteller« mochte er sich nicht mehr nennen lassen, nun, da die Nachtigall am Sachsenplatz nicht mehr so singen durfte, wie ihr der Schnabel gewachsen war.

[2] Autogrammpostkarte, um 1923

Als Joachim Ringelnatz nach Berlin zog, war er hier vor allem als Bühnenkünstler eminent populär. Schon seit den frühen Zwanzigerjahren war er regelmäßig in den zahlreichen Kabaretts der Stadt aufgetreten, um seine Gedichte zu rezitieren; manchmal hatte er an einem Abend gleich mehrere Programme in unterschiedlichen Etablissements zu absolvieren: in der *Katakombe*, der *Chat noir*, der *Wilden Bühne*, im *Schall und Rauch* oder der etwas zwielichtigen *Rakete*. Es war nicht immer die feine Gesellschaft, die sich von ihm unterhalten ließ. Schon im Jahre 1921 schrieb er von Berlin aus an seine Frau nach München: »Ich bin übrigens kolossal populär geworden. Neulich drehten sich Straßenkokotten in der Friedrichstraße nach mir um und ich hörte die eine sagen: ›Sieh mal, das ist der Ringelnatz!‹ – – – Ja, ja das ist mein Publikum!«

Auf der Bühne muss er eine unglaubliche Präsenz besessen haben. Einen Eindruck von der Intensität seiner Auftritte vermittelt die hingerissene Kritik von Hans Siemsen, die die *B.Z. am Mittag* am 17. November 1930 brachte – auf den Tag genau vier Jahre vor Ringelnatz' Tod: »Jeden Abend so um halb elf begibt sich in dem kleinen Kabarett in der Nähe der Gedächtniskirche ein Wunder. Jeden Abend so um halb elf kann man da, von der Straße kommend, ein Wunder erleben, sehen und hören, die allerseltenste und allerkostbarste Spezies der Gattung ›Mensch‹: einen Dichter, einen ganz großen Dichter. Wie werden uns um dies Erlebnis eines Tages unsre Enkel beneiden! Den Dichter Ringelnatz freilich werden auch sie kennen und lieben, wie wir Hölderlin kennen und lieben. Aber den Schauspieler Ringelnatz, von dem werden sie leider keinen Begriff mehr haben.

Es ist unbegreiflich und unbeschreiblich, was dieser Schauspieler alles kann! Er kann einen Fußballspieler und zugleich den Fußball darstellen, er kann einen Luftballon, eine Krähe, einen Karpfen mimisch darstellen und lebendig machen und einen in Großstadtstraßen umherirrenden, in einer Bedürfnisanstalt verschwindenden Elefanten. Ich möchte mal Chaplin beobachten, während er Ringelnatz zusähe! Da würde man miterleben, wie ein Genie einem andern begegnet.

›Kuttel Daddeldu‹ ist längst überholt. Ringelnatz macht keine Witze mehr. Er hat den Mut, in einem Kabarett, vor Kabarettpublikum tief schmerzliche, dem bitteren Ende und dem ›unbekannten Gotte‹ sehr nahe, durch Scherz

[3] Auf der Bühne, undatiert, unbekannter Fotograf (Fritz Eschen?)

und Reim und ›unanständige‹ Worte nur leicht (aus Scham) verschleierte Wunden und Wahrheiten eines Dichters, eines Menschen zu zeigen, zu sagen, darzustellen, lebendig zu machen, wieder zu erleben, als ob er sie zum erstenmal erlebte. – Ecce homo! das ist der Dichter Ringelnatz. Und ›ecce poeta!‹ das ist der Schauspieler Ringelnatz. Ein Wunder begibt sich jeden Abend, so um halb elf, in der Nähe der Gedächtniskirche.«

Die Stadt Berlin stand früh im Mittelpunkt von Ringelnatz' literarischem Schaffen. Der Roman *...liner Roma...*, erschienen 1924, nachdem die Weimarer Republik durch die Hyperinflation in ihre bis dato schwerste Zerreißprobe geraten war, war sein wohl ambitioniertestes literarisches Projekt überhaupt. Das ist ein kaleidoskopischer, extrem dynamischer Text, der die Wirklichkeit in zahllose bunte Splitter fragmentiert, die sich nicht zu einer traditionellen ›Handlung‹ oder ›Erzählung‹, wohl aber zum grandiosen Porträt einer Stadt fügen, deren hektische Energie mit herkömmlichen künstlerischen Mitteln nicht mehr zu fassen war. Um Menschen geht es hier nur insofern, als dass sie als Spielbälle der sie stets und überall beherrschenden Metropole geschildert werden. Denn in den letzten Jahren hatte sich Berlin dramatisch verändert; von der Fontaneschen Behaglichkeit, die hier noch um die Jahrhundertwende geherrscht hatte, war nichts mehr übrig geblieben. Rasend schnelle Autos, grellbunte Leuchtreklamen, überfüllte U-Bahnen, ärmliche Mietskasernen und qualmende Fabriken prägten nun das Leben; Kino, Radio und eine Vielzahl von mehrmals täglich erscheinenden Zeitungen hatten die mediale Welt grundlegend verändert. Die enormen Reparationszahlungen an die Siegermächte des Ersten Weltkrieges stürzten die Weimarer Republik in ein bislang ungekanntes Währungs- und Wirtschaftschaos; Arbeitslosigkeit,

[4] Hochbahnstrecke Linie B in Berlin, an der Dennewitzstraße (1905)

Hungerunruhen und Umsturzversuche von links wie rechts sorgten für eine apokalyptische Stimmung, die sich namentlich in Berlin in den verzweifelt lebenslustigen Tanz auf dem Vulkan auswuchs, den man die ›Roaring Twenties‹ nennt. So hektisch war das Großstadtleben geworden, dass es nur noch in Fragmenten und Fetzen erzählt werden konnte: »Und was bedeutet liner Roma? Da fehlt was vorn und was hinten. Ich hab' mir's ergänzt: ›Berliner Romane‹. Berliner Romane haben meist keinen ordentlichen Anfang und kein rechtes Ende«.

Viele dieser anfangs-, end- und mitunter sinnlosen Berliner Episoden sind Momentaufnahmen des Elends, wie man sie auch aus den Bildern von Heinrich Zille oder George Grosz kennt. Joachim Ringelnatz bediente sich immer wieder bei der tagtäglichen Berliner Realität, um sie in Verse oder Prosa zu fassen. Manchmal brauchte er weder Metaphern noch poetische Kodierungen, um die Zeichenhaftigkeit des Gesehenen in Literatur umzusetzen. Vielleicht war es die Hochbahnstrecke an der Dennewitzstraße, die ihn 1922 zu seinem *Berlin*-Gedicht inspirierte:

Da fährt die Hochbahn in ein Haus hinein
Und auf der andern Seite wieder raus.
Und blind und düster stemmt sich Haus an Haus.
Einmal – nicht lange – müßtest du hier sein.
Wo das aufregend gefährlich flutet und wimmelt
Und tutet und bimmelt
Am Kurfürstendamm und am Zoo.
Das Leben in Pelzen und Leder.
Es drängt einen so oder so
Leicht unter die Räder.

In *...liner Roma...* greift Ringelnatz eben diese Hochbahnstrecke noch einmal auf, um nun mit beinahe fotografisch genauer Prosa ein Sprachbild zu schaffen, das die ganze Menschenfeindlichkeit mancher Auswüchse der Moderne auf wenige Worte zu kondensieren vermag: »Am Zoo ist eine Stelle. Da fährt die dunkelqualmende Stadtbahn über den menschensaugenden Viadukt. Fährt mitten in ein fünfstöckiges Mietshaus hinein, hindurch und an einer düsteren fensterlosen Häuserwand entlang, die riesig und seltsam gegen den Himmel absticht, der eigentlich zwielichtgrau und von sturmflüchtigen Regenwolken bedeckt sein muß. Damit das Bild heiße: ›Großstadtelend!‹«

In diesem Band ist eine ganze Reihe von Texten versammelt, wie man sie in dieser Form wohl eher nicht von einem anarchischen Klabautermann wie Joachim Ringelnatz erwarten würde. Optimistischen oder fröhlichen Versen wie denen der Gedichte *Und auf einmal steht es neben dir*, *Die Krähe* oder *Sehnsucht nach Berlin* stehen unvermittelt Texte an der Seite, die den finster-verqueren Innenwelten von Kinderschändern (*Der traurige Onkel*) und -mördern gelten (*Ein Strolch sieht spielende Kinder*). *Kanäle in Berlin* sind Kulisse für Verbrechen und Feigheit, Bettlerinnen wühlen im Dreck, ein Raubopfer erschlägt den Täter, um dann in tiefer Depression über »Not und Irrtum – Notwehr und Reue« nachzusinnen. Selbst komische Gedichte wie *An Berliner Kinder* werfen einen Blick auf die düsteren Seiten der Gegenwart. Präsentiert wird hier nur eine kleine Auswahl der Berliner Texte von Joachim Ringelnatz; ihre vollständige Wiedergabe würde viele hundert Seiten füllen.

Die Großstadt der zwanziger und frühen dreißiger Jahre war zweifellos ein höchst kreativer, vergnügungssüchtiger, mit immer neuen Sensationen lockender Ort. Aber sie war auch roh, gefährlich, mitleidlos und unwirtlich. Und doch: Die folgenden Texte sind eine fortlaufende Liebeserklärung an die Stadt, in der manchmal eben doch die Nachtigallen sangen.

Ganz kurz vor seinem Tod soll Joachim Ringelnatz gesagt haben, dass für den Fall (an den er nicht glaube), dass ihn jemand auf dem Friedhof besuchen würde und auf die Idee käme, ihm Blumen zu bringen (woran er noch weniger glaube), er doch stattdessen lieber eine Flasche mit einem edlen Tropfen mitnehmen solle. Dann möge er dort ein Glas auf sein Wohl trinken und ein zweites auf seinem Grab vergießen.

Für den Fall der Fälle: Sie finden das Grab von Joachim Ringelnatz auf dem Waldfriedhof Heerstraße, Trakehner Allee 1 im Ortsteil Westend, Bezirk Charlottenburg-Wilmersdorf, Feld 12-D-21.

Frank Möbus

Der Potsdamer Polizeipräsident an den Verlag Gustav Kiepenheuer, Potsdam, 8. Juli 1924

Tgb. Nr. I/5672.

Das in Ihrem Verlag erschienene Buch »Joachim Ringelnatz, Geheimes Kinder-Spiel-Buch mit vielen Bildern« bildet eine ernste Gefahr für die sittliche Entwicklung der Kinder. – – Mit dem äußeren Anschein läßt sich der Inhalt des Buches nach keiner Richtung hin in Einklang bringen. Dieser Inhalt beeinflußt vielmehr die sittlichen Auffassungen sowohl wie den Geschmack der Kinder in einem Sinne, der als durchaus verderblich bezeichnet werden muß und polizeilicherseits nicht geduldet werden kann.

Auf Grund des Allgem. Landrechtes Teil II Titel 17 § 10 wird Ihnen daher hiermit aufgegeben, das genannte Buch äußerlich auf einem gut sichtbaren Umschlag mit einem Vermerk zu versehen, aus dem deutlich erkennbar ist, daß das Buch nur für Erwachsene bestimmt ist. Sollten Sie diesem Gebot nicht bis zum 20.7.24 nachgekommen sein, so werde ich von den mir auf Grund des § 132 des Landesverwaltungsgesetzes vom 30. Juli 1883 zustehenden Zwangsmaßnahmen unnachsichtlich Gebrauch machen.

gez. v. Zitzewitz

Gedichte

An Berliner Kinder

Was meint ihr wohl, was eure Eltern treiben,
Wenn ihr schlafen gehen müßt?
Und sie angeblich noch Briefe schreiben.
Ich kann's euch sagen: Da wird geküßt,
Geraucht, getanzt, gesoffen, gefressen,
Da schleichen verdächtige Gäste herbei.
Da wird jede Stufe der Unzucht durchmessen
Bis zur Papagei-Sodomiterei.
Da wird hasardiert um unsagbare Summen.
Da dampft es von Opium und Kokain.
Da wird gepaart, daß die Schädel brummen.
Ach schweigen wir lieber. – Pfui Spinne, Berlin!

Ringkampf

Gibson (sehr nervig), Australien,
Schulze, Berlin (ziemlich groß).
Beißen und Genitalien
Kratzen verboten. – Nun los!

Ob sie wohl seelisch sehr leiden?
Gibson ist blaß und auch Schulz.
Warum fühlen die beiden
Wechselnd einander den Puls?

Ängstlich hustet jetzt Gibson.
Darauf schluckt Schulze Cachou.
Gibson will Schulzen jetzt stipsen.
Ha! Nun greifen sie zu.

Packen sich an, auf, hinter, neben, in,
Über, unter, vor und zwischen,
Statt, auch längs, zufolge, trotz
Stehen auf die Frage wessen.

Doch ist hier nicht zu vergessen,
Daß bei diesen letzten drei
Auch der Dativ richtig sei.
(Pfeife des Schiedsrichters.)

Wo sind die Beine von Schulze?
Wem gehört denn das Knie?
Wirr wie lebendige Sulze,
Mengt sich die Anatomie.

Ist das ein Kopf aus Australien?
Oder Gesäß aus Berlin?

Jeder versucht Repressalien,
Jeder läßt keinen entfliehn.

Hat sich der Schiedsmann bemeistert,
Lange parteilos zu sein;
Aber nun brüllt er begeistert:
»Schulze, stell ihm ein Bein!

Zwinge den Mann mit den Nerven
Nieder nach Sitte und Jus.
Kannst du dich über ihn werfen
Just wie im Koi, dann tu's!«

Noctambulatio

Sie drückten sich schon beizeiten
Fort aus dem Tanzlokal
Und suchten zu beiden Seiten
Der Straße das Gast- und Logierhaus Continental.

So dringlich: Man hätte können glauben,
Er triebe sie vorwärts wie ein Rind.
Und doch handelten beide im besten Glauben.
Er wollte ihr nur die Unschuld rauben.
Sie wollte partout von ihm ein Kind.

Da geschah es, etwa am Halleschen Tor,
Daß Frieda über dem Knutschen und Schmusen
Aus ihrem hitzig gekitzelten Busen
Eine zertanzte, verdrückte Rose verlor.

Und ein sehr feiner Herr, dessen Eleganz
Nicht so rumtoben tut, folgte den beiden.
Jedoch hielt er sich vornehm bescheiden
Immer in einer gewissen Distanz.

Er wollte ursprünglich zum Bierhaus Siechen.
Aber nun hemmte er seinen Lauf,
Zog die Handschuh aus, hob die Rose auf
Und begann langsam daran zu riechen.

Er wünschte aber keinen Augenblicksgenuß;
Deshalb stieg er mit der Rose in den Omnibus.
Derweilen war Frieda mit ihrem Soldaten
Auf einen Kinderspielplatz geraten.

Dort merkten sie nicht, wie die Nacht verstrich
Und daß ein unruhiger Mann mit einem Spaten
Sie dauernd beschlich.

Als sich nach längerem Aufenthalt
Das Paar in der Richtung zur Gasanstalt
Mit kurzen, trippelnden Schritten verlor,
Sprang der unruhige Mann plötzlich hervor.
Und fing an, eine Stelle, wo er im Sand
Die Spur von Friedas Stiefelchen fand,
Mit seinem Spaten herauszuheben.
Worauf er behutsam mit zitternder Hand
Die feuchte Form in ein Sacktuch band,
Um sich dann leichenblaß heimzubegeben.

Wie um das dümmste Mädchen
Sich sonderbare Fädchen
Nachts durch die Straßen ziehn –
Die Dichter und die Maler
Und auch die Kriminaler,
Die kennen ihr Berlin.

Stoffwechsel

»Wie glüht er im Glase! Wie flammt er so hold!
Geschliffnem Topase vergleich ich sein Gold.«
Ich aber meinte den Urin
Und dachte mich in Groß-Berlin.
Und dachte eine junge Braut,
Ganz eingehüllt in Bückingshaut.
Da brachte mir der Pikkolo
Den Grog. Ich schnupperte und floh.

Himmelsklöße

(Das Spiel, das Frau Geheime Hofrat Anette von Beighausen Berlin S.W., Königgrätzerstr. 77[1], als Kind so gern gespielt hat.)

Je mehr Kinder dabei mitmachen,
Umso mehr gibt es nachher zu lachen.

– – – –

Dicke Papiere sind nicht zu gebrauchen.
Man muß Zeitung oder Briefe von Vaters Schreibtisch nehmen.
Keiner darf sich schämen,
Das Papier mit der Hand in den Nachttopf zu tauchen.
Wenn es ganz weich ist, wird es zu Klößen geballt
Und mit aller Wucht gegen die Decke geknallt.
Man darf auch vorher schnell noch Popel hineinkneten.
Solche Klöße bleiben oben minutenlang kleben.
Jedes Kind muß nun unter einen der Klöße treten
Und den offenen Mund nach der Decke erheben.
Vorher singen alle im Rund:
»Lieber Himmel, tu uns kund,
Wer hat einen bösen Mund.«
Bis der erste Kloß runterfällt
Und trifft zum Beispiel in Fannis Gesicht.

Dann wird die Fanni umstellt.
Und alle singen (nur Fanni nicht):
»Schweinehündin, Schweinehund!
Himmelsklöße taten kund:
Du hast einen bösen Mund.
Sperrt sie in den Kleiderschrank
Wegen ihrem Mordsgestank.«

– – – –

Steckt eurem Vater frech die Zunge
Heraus. Und ruft: »Prost Lausejunge!«
Dann – wenn er vorher auch noch grollte –
Vergißt er, daß er euch prügeln wollte.

Berlin

Da fährt die Hochbahn in ein Haus hinein
Und auf der andern Seite wieder raus.
Und blind und düster stemmt sich Haus an Haus.
Einmal – nicht lange – müßtest du hier sein.
Wo das aufregend gefährlich flutet und wimmelt
Und tutet und bimmelt
Am Kurfürstendamm und am Zoo.
Das Leben in Pelzen und Leder.
Es drängt einen so oder so
Leicht unter die Räder.
Sonst habe ich gut hier gefallen.
Man hat mir hohe Gagen angeboten.
Aber weißt du: jeder verkehrt hier mit allen,
Nur nicht mit stillen Menschen oder mit toten.
Ich bin so stolz darauf, dir einen Scheck zu überweisen.
Ja, ja, hier heißt es sich durchbeißen.
Das gibt mir mancherlei Lehre.
Heute ging mir beim Kofferflicken die Nagelschere
Entzwei. Not bricht Eisen. –

Berlin

(An den Kanälen)

Auf den Bänken
An den Kanälen
Sitzen die Menschen,
Die sich verquälen.

Sausende Lichter,
Tausend Gesichter
Blitzen vorbei: Berlin.
Übers Gewässer
Nebelt Benzin ...
Drunten wär's besser.

Hinter der Brücke
Flog eine Mücke
Ins Nasenloch.
Loch meiner Nase,
Nasenloch, niese doch
In die stille Straße!

Auf dem Omnibus, im Dach
Rütteln meine Knochen,
Werden gute Worte wach,
Bleiben ungesprochen. – –

Ach, da fällt mir die alte Zeitungsfrau ein –
Vanblix oder Blax soll sie heißen –
Die hat ein so seltsames Schütteln am Bein,
Daß alle Hunde sie beißen. – –

An den Kanälen
Auf den dunklen Bänken
Sitzen die Menschen, die
Sich morgens ertränken.

Berlin,
Dezember 1923

Guten Morgen, Liebling! Gestern nacht
Hat ein Kerl mich überfallen,
Wollte mich niederknallen,
Schrie: »Geld her!« und schoß.
Ich habe ihm fünf auf den Schädel gekracht:
Hammer auf Am-bam-bam-bam-boß.
Das hat mein Haustürschlüssel gemacht.

Und heute starb er im Lazarett.
Was der wohl noch dachte – zuletzt – auf dem Sterbebett?

Und was soll ich denken?
Welche Mächte die Kugeln lenken –
Not und Irrtum – Notwehr und Reue –?
Ob ich lache? Ob ich mich freue,
Weil dieser Kerl danebengezielt
Mich Armen für einen Reichen hielt –?

Erfrorenes Vögelchen früh
Auf meinem Fensterbrett. –
Draußen: tut – kling – hottehüh! –

Der Großstadtverkehr. –
Da kroch ich noch einmal ins Bett.
Denn ich friere so sehr. –
Wenn ich ein Vöglein wär –
Ja schön, aber kalt ist es hier ...
Und so lange getrennt zu sein ...
Erfrorenes Vögelein –
Flög ich zu dir.

Die Lumpensammlerin

Hält sie den Kopf gesenkt wie ein Ziegenbock,
Ihre Gemüsenase,
Ihr spitzer Höcker, ihr gestückelter Rock
Haben die gleiche farblose Drecksymphonie
Der Straße.
Mimikry.

Selbständig krabbeln ihre knöchernen Hände
Die Gosse entlang zwischen Kehricht und Schlamm,
Finden Billette, Nadeln und Horngegenstände,
Noch einen Knopf und auch einen Kamm.

Über Speichel und Rotz zittern die Finger;
Hundekötel werden wie Pferdedünger
Sachlich beiseite geschoben.
Lumpen, Kork, Papier und Metall werden aufgehoben,
Stetig – stopf – in den Sack geschoben.

Der Sack stinkt aus seinem verbuchteten Leib.
Er hat viel spitzere Höcker.
Er ist noch ziegenböcker
Als jenes arg mürbe Weib.

Schlürfend, schweigsam schleppt sie, schleift sie die Bürde.
Wenn sie jemals niesen würde,
Was wegen Verstopfung bisher nie geschah,
Würde die gute Alte zerstäuben
Wie gepusteter Paprika. –

Und was würde übrig bleiben?
Eine Schnalle von ihrem Rock,

Sieben Stecknadeln, ein Berlock,
Vergoldet oder vernickelt.
Vielleicht auch: vielmals eingewickelt
Und zwischen zwei fettigen Pappen:
Fünfzig gültige, saubere blaue Lappen.

Irgendwo würde ein Stall erbrochen,
Fände man sortiert, gestapelt, gebündelt, umschnürt
Lumpen, Stanniol, Strumpfenbänder und Knochen.

Was hat die Hexe für ein Leben geführt?
Vielleicht hat sie Lateinisch gesprochen.
Vielleicht hat einst eine Zofe sie manikürt.
Vielleicht ist sie vor tausend Jahren als Spulwurm
Durch das Gedärm eines Marsbewohners gekrochen.

Maiengruß an den Redakteur

Frühlingszartes Wohlbehagen
Schwellt erfrorne Poesie.
Maiberauscht im Speisewagen
Ballt sich etwas wie Genie.

Weil Berlin voraus in Sicht ist
Und die Sonne mich bestrahlt.
Und je länger ein Gedicht ist,
Desto besser wird's bezahlt.

Darum: Hundertzweiundneunzig
Tausend und fünfhundertzwei
Oder noch mehr Leute freun sich.
Denn der Winter ist vorbei.

Elf Millionen zweimal hundert
Tausend siebenhundertzehn
Menschen sind etwas verwundert,
Weil kein Maikäfer zu sehn.

Sechs Billionen zwölf Milliarden –
Schätzungsweise – fragen sich:
Wo steckt Maximilian Harden.
Nun, verflucht, was kümmert's mich.

Vier Trillionen neun Billionen
Zirka siebenhundertelf
Milliarden fünf Millionen
Achtzehntausend hundertzwölf – –

Und ich könnte das erweitern
Bis in die Unendlichkeit,

Doch ein Dichter tritt den heitern
Frühlingszarten Mai nicht breit.

Sondern trinkt, sich selbst beschränkend,
Maienbowle, Maienkraut,
Seines Redakteurs gedenkend,
Dem er voll und ganz vertraut.

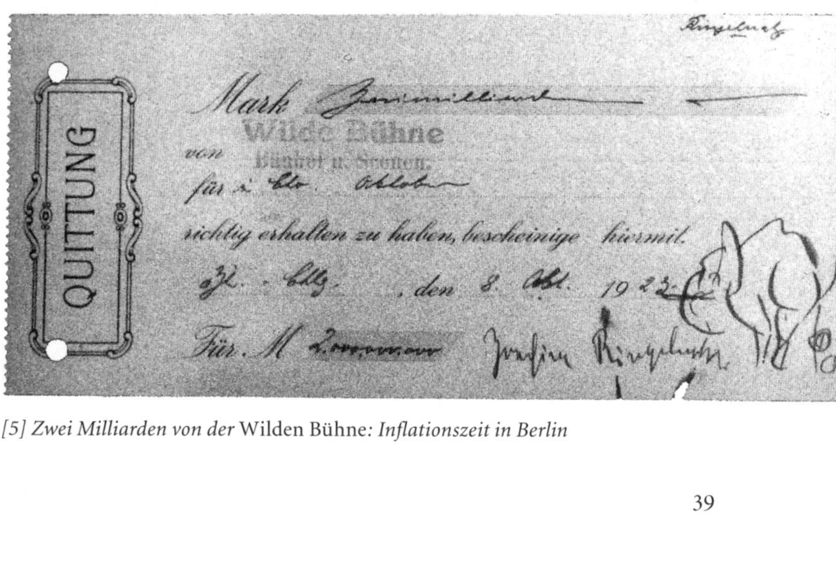

[5] Zwei Milliarden von der Wilden Bühne*: Inflationszeit in Berlin*

Komm, sage mir, was du für Sorgen hast

Es zwitschert eine Lerche im Kamin,
Wenn du sie hörst.
Ein jeder Schutzmann in Berlin
Verhaftet dich, wenn du ihn störst.

Im Faltenwurfe einer Decke
Klagt ein Gesicht,
Wenn du es siehst.
Der Posten im Gefängnis schießt,
Wenn du als kleiner Sträfling ihm entfliehst.
Ich tät es nicht.

In eines Holzes Duft
Lebt fernes Land.
Gebirge schreiten durch die blaue Luft.
Ein Windhauch streicht wie Mutter deine Hand.
Und eine Speise schmeckt nach Kindersand.
Die Erde hat ein freundliches Gesicht,
So groß, daß man's von weitem nur erfaßt.
Komm, sage mir, was du für Sorgen hast.
Reich willst du werden? – Warum bist du's nicht?

Schöne Fraun mit schönen Katzen

Schöne Fraun und Katzen pflegen
Häufig Freundschaft, wenn sie gleich sind,
Weil sie weich sind
Und mit Grazie sich bewegen.

Weil sie leise sich verstehen,
Weil sie selber leise gehen,
Alles Plumpe oder Laute
Fliehen und als wohlgebaute
Wesen stets ein schönes Bild sind.

Unter sich sind sie Vertraute,
Sie, die sonst unzähmbar wild sind.

Fell wie Samt und Haar wie Seide.
Allverwöhnt. – Man meint, daß beide
Sich nach nichts, als danach sehnen,
Sich auf Sofas schön zu dehnen.

Schöne Fraun mit schönen Katzen,
Wem von ihnen man dann schmeichelt,
Wen von ihnen man gar streichelt,
Stets riskiert man, daß sie kratzen.

Denn sie haben meistens Mucken,
Die zuletzt uns andre jucken.
Weiß man recht, ob sie im Hellen
Echt sind oder sich verstellen?
Weiß man, wenn sie tief sich ducken,
Ob das nicht zum Sprung geschieht?
Aber abends, nachts, im Dunkeln,
Wenn dann ihre Augen funkeln,

Weiß man alles oder flieht
Vor den Funken, die sie stieben.

Doch man soll nicht Fraun, die ihre
Schönen Katzen wirklich lieben,
Menschen überhaupt, die Tiere
Lieben, dieserhalb verdammen.

Sind Verliebte auch wie Flammen,
Zu- und ineinander passend,
Alles Fremde aber hassend.

Ob sie anders oder so sind,
Ob sie männlich, feminin sind,
Ob sie traurig oder froh sind,
Aus Madrid oder Berlin sind,
Ob sie schwarz, ob gelb, ob grau, –

Auch wer weder Katz noch Frau
Schätzt, wird Katzen gern mit Frauen,
Wenn sie beide schön sind, schauen.

Doch begegnen Ringelnatzen
Häßlich alte Fraun mit Katzen,
Geht er schnell drei Schritt zurück.
Denn er sagt: Das bringt kein Glück.

Sehnsucht nach Berlin

(1929)

Berlin wird immer mehr Berlin.
Humorgemüt ins Große.
Das wär mein Wunsch: es anzuziehn
Wie eine schöne Hose.

Und wär Berlin dann stets um mich
Auf meinen Wanderwegen.
Berlin, ich sehne mich in dich.
Ach komm mir doch entgegen!

Nach der Trennung. Lichterfelde

War so oft schon dieses Scheiden.
»Lebewohl!« (Auf nur vier Wochen)
Schon gemeinsam schwer gesprochen, –
Schwerer jedem dann von beiden.

Jedes lächelte und lachte
Über das, was Üblich sprach.
Jedes wußte das und dachte
Hinterher ganz anders, lange nach.

Dies Berlin ist grausig tief und flach
Und so breit. Es gibt dafür kein Dach.
Schaurig schon, daß Menschen dort verschwinden.
Aber stelle arme Fraun dir vor, die dort
Schamvoll irrend einen öffentlichen Abort
Suchen und nicht finden.

Lichterfelde. Blieb mein D-Zug stehn.
Und ich sah im Schnellzug vis-à-vis
Ein so blasses schönes Eisenbahnergesicht,
Wie ich fremdfern nie
Ein Gesicht so innig hab gesehn.

Du, du meine Frau, wirst mich verstehn.

Silvester bei den Kannibalen

Am Silvesterabend setzen
Sich die nackten Menschenfresser
Um ein Feuer, und sie wetzen
Zähneklappernd lange Messer.

Trinken dabei – das schmeckt sehr gut –
Bambus-Soda mit Menschenblut.

Dann werden aus einem tiefen Schacht
Die eingefangenen Kinder gebracht
Und kaltgemacht.
Das Rückgrat geknickt,
Die Knochen zerknackt,
Die Schenkel gespickt,
Die Lebern zerhackt,
Die Bäuchlein gewalzt,
Die Bäckchen paniert,
Die Zehen gesalzt
Und die Äuglein garniert.

Man trinkt eine Runde und noch eine Runde.
Und allen läuft das Wasser im Munde
Zusammen, ausnander und wieder zusammen.
Bis über den feierlichen Flammen
Die kleinen Kinder mit Zutaten
Kochen, rösten, schmoren und braten.

Nur dem Häuptling wird eine steinalte Frau
Zubereitet als Karpfen blau.
Riecht beinah wie Borchardt-Küche, Berlin,
Nur mehr nach Kokosfett und Palmin.

Dann Höhepunkt: Zeiger der Monduhr weist
Auf zwölf. Es entschwindet das alte Jahr.
Die Kinder und der Karpfen sind gar.
Es wird gespeist.

Und wenn die Kannibalen dann satt sind,
Besoffen und überfressen, ganz matt sind,
Dann denken sie der geschlachteten Kleinen
Mit Wehmut und fangen dann an zu weinen.

Aus

Nun geh ich stumm an dem vorbei,
Wo wir einst glücklich waren,
Und träume vor mich hin: Es sei
Alles wie vor zwei Jahren.

Und du bist schön, und du bist gut
Und hast so hohe Beine.
Mir wird so loreley zumut,
Und ich bin doch nicht Heine.

Ich klappe meine Träume zu
Und suche mir eine Freude.
Auf daß ich nicht so falsch wie du
Mein Stückchen Herz vergeude.

Schlimme Stimmung

Ich bin so traurig satt,
Und all mein Überlegen
Vergrübelt sich entgegen,
Dorthin, wo nichts mehr Farbe hat.

Als wenn ich klug und geldreich wär
Und gar kein Herz besäße.
Ich zürne dumpf ins Ungefähr,
Betaste hohle Späße.

Und will nicht Freunde mit mir ziehn
In dieses trockene Weinen.

Ach Sonne, die so oft mir schien,
Wollest mir bitte wieder scheinen.

Ruinenkult

Wenn der Ruinenzauber glüht,
Erschauert unser Volksgemüt,
Und eine romantische Wärme
Gießt Bowle durch unsre Gedärme.

Lichtbirne hinter Buntpapier
Gibt Sängerkehlen ein Klistier,
Und sehnsüchtig weinendes Lachen
Läßt uralten Schwindel erwachen.

Denen, die sich Ruinen baun,
Wünsch ich den höchsten Lattenzaun
Und den von Hunden umgeben,
Die dauernd das eine Bein heben.

Gassenkreuzung

Was wohl Huren denken,
Wenn zwei Hochzeitswagen
Um die Ecke schwenken?!
Kannst du sie nicht fragen,
Dann erfährst du's nie. – –

Wenn ein Mädchen die
Ladenschwelle scheuert
Und von hinten aussieht wie
Eine Maid von sechzehn Jahren,
Und du fühlst dich Mann. Dann steuert
Dich frivole Phantasie;
Laß dich nicht vom Auto überfahren!!

Wenn ein Straßenkehrer Pferdemist
Lieblos von deinem Schatten fegt
Und du überlegst, ob er sich überlegt,
Ob du irrsinnig bist –,
Ach dann schenk ihm etwas, und viel mehr,
Und freue dich sehr!

Pfingstbestellung

Ein Pfingstgedichtchen will heraus
Ins Freie, ins Kühne.
So treibt es mich aus meinem Haus
Ins Neue, ins Grüne.

Wenn sich der Himmel grau bezieht,
Mich stört's nicht im geringsten.
Wer meine weiße Hose sieht,
Der merkt doch: Es ist Pfingsten.

Nun hab ich ein Gedicht gedrückt,
Wie Hühner Eier legen,
Und gehe festlich und geschmückt –
Pfingstochse meinetwegen –
Dem Honorar entgegen.

Kunstgewerbe

Ein blauer Hund mit gelben Ohren
Wurde in einem Atelier geboren.
Weil er naturfremd originell
Wie jene Mutter war, die ihn gebar,
Vermehrte er sich populär sehr schnell
Und brachte Geld, und viel sogar.
Ein andres Suchweib, gleichfalls von Beruf
Originell, erdachte sich und schuf
Aus Ton ein Mäuschen, witzig, zart und schlicht,
Sehr künstlerisch; das reüssierte nicht.
Bis wahre Künstler es entdeckten
Und kauften von sechs Exemplaren vier.
Worauf die andern zwei entsetzlich heckten.
Nun seh ich überall dies Mäusetier.
Es glotzt, es kotzt mich an aus Gips,
Aus Bronze, Ton. Ein Mäuseplagenippes.

Ich bitte dich: Wenn ich dereinst mal sterbe,
Tu meine Asche nicht in Kunstgewerbe.

Rauch

Erdentbunden steigt ins lichte
Himmelreich der Rauch.
Uferlos dramatische Geschichte
Spielt ein Hauch.

In Sekunden blickentschwunden,
Trägt er doch Substanz und Geist
Nach Gesetz ins Ungefähre.
Manchmal wünschte ich, ich wäre
Derart erdentbunden
Endlich abgereist.

Könnte niemand mich umarmen.
Könnte niemand mich vernichten.
Doch ein Rauch kann wie Erbarmen
Wunderfromm zum Himmel dichten.

Morgenwonne

Ich bin so knallvergnügt erwacht.
Ich klatsche meine Hüften.
Das Wasser lockt. Die Seife lacht.
Es dürstet mich nach Lüften.

Ein schmuckes Laken macht einen Knicks
Und gratuliert mir zum Baden.
Zwei schwarze Schuhe in blankem Wichs
Betiteln mich »Euer Gnaden«.

Aus meiner tiefsten Seele zieht
Mit Nasenflügelbeben
Ein ungeheurer Appetit
Nach Frühstück und nach Leben.

Sommerfrische

Zupf dir ein Wölkchen aus dem Wolkenweiß,
Das durch den sonnigen Himmel schreitet.
Und schmücke den Hut, der dich begleitet,
Mit einem grünen Reis.

Verstecke dich faul in die Fülle der Gräser.
Weil's wohltut, weil's frommt.
Und bist du ein Mundharmonikabläser
Und hast eine bei dir, dann spiel, was dir kommt.

Und laß deine Melodien lenken
Von dem freigegebenen Wolkengezupf.
Vergiß dich. Es soll dein Denken
Nicht weiter reichen als ein Grashüpferhupf.

Im Weinhausgarten

Es funkelt ein Weinchen,
Landwein oder Edelwein.
Es blitzt ein Steinchen,
Sandstein oder Edelstein.
Es schimmert unter feuchten
Wimpern wie Wiederbelebung.
Auch Schatten leuchten
In schwärzrer Umgebung.
Es strahlen aus Lampenlicht
Widerscheinchen kreuz und quer.

Es ist in jedem Gesicht ein schönes Gesicht,
Manchmal erkennt man's nicht mehr.

Es lohnt sich doch

Es lohnt sich doch, ein wenig lieb zu sein
Und alles auf das Einfachste zu schrauben.
Und es ist gar nicht Großmut zu verzeihn,
Daß andere ganz anders als wir glauben.

Und stimmte es, daß Leidenschaft Natur
Bedeutete im guten und im bösen,
Ist doch ein Knoten in dem Schuhband nur
Mit Ruhe und mit Liebe aufzulösen.

Schöne Frau ging vorbei

Eine Falte in deinem Kleid
Hat wie eine Woge geschaukelt,
Hat Träume mir vorgegaukelt:
Wie schön ihr seid, wie ihr seid.

Einer Woge glich diese Falte,
Von deinem Atem aufgewühlt.
Und trotzig hat diese kalte
Welle dein warmes Fleisch umspült.

Es glätten keine Bedenken solch
Bezaubernd wogende Faltung.
Ich ging an dir vorbei, wie ein Strolch
An einer städtischen Verwaltung.

Belauschte Frau

Doch ihr Gesicht,
Das sah ich nicht.
Nur Beine, Rock, gebeugten Rücken,
Ein nasses Stück vom Schürzenhang.

Das alles lebte sich beim Bücken
Und Wenden unterm Küchenlicht.

Ich aber stand im dunklen Gang,
Sah nach den unbewachten Beinen
Unter des hochgerutschten Rockes Saum.
Zwei sichre Arme dachte sich mein Traum.
Nur ihr Gesicht, das sah ich nicht.

Doch etwas war, als wäre es zum Weinen.

Kein Laut, kein Wort. –
Es ist auch nichts Zunennendes gewesen.
Ich aber weiß: Als ich den Gang verließ,
Schlich ich ganz innig leise fort
Und war betrübt, als ich doch einen Besen
Umstieß.

Verpufftes Gewitter

Hat mich ein Gewitter
Gestern so nervös gemacht.
Hat ein Magenbitter
Mich dann bös gemacht.
Sekt, den ich bestellte, weil
Ich froh werden wollte,
Wirkte nur ins Gegenteil.

Und der Donner grollte.
Daß ich herz- und magenkrank
Weiterbummelnd mich betrank.

Und ich weiß nur noch:
Eine Dame, die
Unterm Ärmel nach Lavendel roch,
Hat mich abgeküßt. – Ach und wie!
Und ich war vernarrt,
Weil sie so apart
Sagte, daß ich »herbstzeitlose« sei.
Diese Taschendiebin
Griff diskret und lieb in
Meine Tasche dabei.

Begegnung

So viele schöne Pfirsiche sind,
In die niemand beißt.

Die Gier kann auch ein verschämtes Kind
Sein. Was du nicht weißt.
Ohne Lüge kann ich mancherlei
Dir sagen, klänge dir wie Gold.
Doch zeigte ich mein Wahrstes ganz frei,
Wärest du mir nicht mehr hold.

Mädchen, versäume dich nicht
Und hüte dich vor List!
Ich aber träume dich,
Wie du gar nicht bist.

Heimliche Stunde

Ein kleiner Spuk durch die Dampfheizung ging.
Keine Uhr war aufgezogen.
Ein zu früh geborener Schmetterling
Kam auf das Schachbrett geflogen.

Es ging ein Blumenvasenblau
Mit der Sonne wie eine Schnecke.
Ich liebe Gott und meine Frau,
Meine Wohnung und meine Decke.

Eis-Hockey

Wenn die Hockeyhölzer hackeln,
Wenn die Schlittschuhschnörkel schnackeln
Und die Gummischeibe schnellt
Mir ans Kinn anstatt zum Ziele,
Dann empfinde ich die Spiele
Einer sportlich reifen Welt.
Mehrmals, wie in früheren Wintern,
Setzen zwei sich auf den Hintern,
Was an sich mir sehr gefällt.

Doch ich habe einen Schnupfen
Und kein Taschentuch zum Tupfen.
Auch zerbrach mir mein Monokel.
Und der Kampf bleibt unentschieden.
Also geh ich unzufrieden
Heim. Und hab von dem Gehockel
Nur den fraglichen Gewinn:
Eine Beule links am Kinn.

Hinter mir klingt etwas froh
Etwa so:
»Dem Verband Zentralafrikanischer Eishockeyspieler drei Hurras!«
Hurra! Hurra! Hurra!

Sehnsucht nach Zufall

Es gibt freiwilliges Allein,
Das doch ein wenig innen blutet.

Verfrühter Gast in einer Schenke sein,
Wo uns derzeit kein Freund vermutet – –

Und käme plötzlich doch der Freund herein,
Den gleiche Abenteuer-Wehmut lenkt,
Dann wird es schön! Dann steigt aus schlaffen Träumen
Ein gegenseitig stärkendes Sichbäumen
Und spricht, was in ihm rauh und redlich denkt.

Der Abenteurer

»Abenteurer, wo willst du hin?«

Quer in die Gefahren,
Wo ich vor tausend Jahren
Im Traume gewesen bin.

Ich will mich treiben lassen
In Welten, die nur ein Fremder sieht.
Ich möchte erkämpfen, erfassen,
Erleben, was anders geschieht.

Ein Glück ist niemals erreicht.
Mich lockt ein fernstes Gefunkel,
Mich lockt ein raunendes Dunkel
Ins nebelhafte Vielleicht.

Was ich zuvor besessen,
Was ich zuvor gewußt,
Das will ich verlieren, vergessen. –
Ich reise durch meine eigene Brust.

Don Quijote

Die Winde ziehen weiter
Und sind auf einmal wieder da,
Sind wütend, lau oder heiter
Dir wieder nah.

Wie jede Wolke – die gelbe,
Die graue, die rosige – wiederkehrt,
Verändert, doch immer dieselbe.
Ist das nicht begrüßenswert?

Ein Schutzmann ist keine Tante. –
Frage die Wolke, frage den Wind:
Warum Bekannte
Nicht immer Freunde sind.

Es gibt so viel Bekanntes
In der Welt. –
Deshalb hat Cervantes
Den Don Quijote aufgestellt.

Ein Liebesnacht-Wörtchen

Ja – – ja! – – ja!! – – ja!!! – –
Du hast so süße Höschen.
Nun sind wir allein. Und es ist Nacht.
Ach hätte ich dir doch ein Röschen
Mitgebracht.

Ich bringe der Frau eine Freundin

Darf ich dir meine liebe Freundin bringen,
Dir, meiner allerliebsten Frau?
Der Himmel ist in dem Moment ganz blau.
Tausend durchsichtige Nachtigallen singen.

Oh, laß kein Wölkchen auf und bring kein Schweigen.
Laß meine Freundin sich nicht tief verneigen.
Gib deine Hand!

Ich weiß, daß du sie gibst
Und auch kein Wölkchen und kein Schweigen bringst.
Weil du die Lieben deines Liebsten liebst.
Es war auch nur ein Scherz, dich so zu bitten.

Wo je ich ging, wenn irgendwo du gingst,
Bin ich doch immer neben dir geschritten.

Die Freundin bringt mich ihrem Mann

Es sollte eigentlich nicht fraglich,
Nicht anders als zuvor geschildert sein.
Und dennoch ist das unbehaglich
So unter drein.

Mir zagt die Wahrheit. Ach es kann
Schön sein: zwei Frauen und ein Mann.
Gefällt es umgekehrt mir nicht,
Weil Selbstsucht spricht?

Gib frei und gleich dich zu erkennen.
Die Stunde ließ sich nicht vermeiden.
Was wir verdientes Schicksal nennen,
Wird richtig fügen oder scheiden.

Die Einigkeit der Meerestropfen
Ist eine Macht. Macht Herzen klopfen.
Wenn sie im Prall auch auseinanderstieben,
Was sagt's? Wer weiß, ob sich die Tropfen lieben.

Schwingungen

»Sprich etwas lauter, Stadtradau!
Lautsprecher, Hupe, Schraube,
Seid nicht so leise, nicht so flau!«
Sagte der Taube.

Er ging durch Donner und Explosion,
Ohne daß ihn das störte.

In einem hessischen Städtchen
Saß er einmal. Und da hörte
Er plötzlich einen Ton,
Ein Tönchen, das war einem Mädchen
In Paris auf der Straße entflohn.

Und wie er das Mädchen sich dachte,
Verschwiegen arm und schamgeplagt,
Hat er ein leises Wort gesagt,
Ohne daß er lachte.

Kein Nachbar hörte dieses Wort,
Doch irgendwer im fernen Ort
Eines meergetrennten Landes
Hörte es. Und verstand es.

So gut wie schlecht

Menschen kenne ich: denen es gut geht,
Die sich aber auch Mühe geben,
Anständig nach innen und außen zu leben.

Da ihnen das gut steht
Und sie repräsentable Erscheinungen
Sind, hört man ihre Meinungen
Mit Behagen. –
Bis man erstaunt entdeckt,
Daß sie keine andre Meinung vertragen. –

Hat ein Vögelchen erschreckt
Sich geduckt im Busch versteckt;
Putzte traurig, putzte stumm
Lange noch an sich herum.

Hat jede Frucht ihren Samen

Hat jemand einen Traum erzählt.
Ein Dichter schuf daraus Dichtung.
Ein Maler hat die als Sujet gewählt
Für ein Bild in grotesker Belichtung.

Viel Tausende haben darüber gelacht.

Ein Wissenschaftler hat nachgedacht,
Hat anderem eine Idee vertraut.

Ein Praktiker experimentierte.
Und wieder ein andrer hat zugeschaut,
Hat anderwärts etwas fertiggebaut,
Was dann nicht funktionierte.

Und wieder lachten Tausende laut.
Nachdem noch viel gut, böse geschah,
Rief eines Tages das Volk: »Hurra!«
Denn die Erfindung war da.

Millionen Menschen benutzten sie froh.

Es steht ein Denkmal irgendwo,
Preist einen glücklichen Namen.

Hat jede Frucht ihren Samen.

Pfützen

Pfützen spiegeln das Himmelslicht.
Sie haben ein helles Gesicht.

Meide ihre Mulden!
Tritt nicht in Lachen.
Wenn sie dich dreckig machen,
Ist's dein Verschulden.

Pfützen sind Schicksal für manches Getier,
Sind aber für Kinder Seligkeiten.

Häufig werden sich zwei oder vier
Menschen um Pfützen streiten.

Weißt du?

Wenn ein Neunauge mit einem Tausendfuß
Kinder zeugt, wie mögen die gehen?
Wie mögen die sehen?
Ich weiß es nicht. Weißt du's?

Weißt du wohl, daß eines Flugzeugs Schatten,
Wenn er über Häuser, Bäume, Matten,
Menschen, Tiere, Wasser geht,
Nichts und niemand widersteht?

Jeder weiß, warum in schönen Zweigen
Schöne Spinne schöne Netze webt.
Aber weißt du, was das Schweigen
Eines andern Menschen
Sinnt und nacherlebt und vorerlebt?

Die Krähe

Die Krähe lacht. Die Krähe weiß,
Was hinter Vogelscheuchen steckt
Und daß sie nicht wie Huhn mit Reis
Und Curry schmeckt.

Die Krähe schnupft. Die Krähe bleibt
Nicht gern in einer Nähe.
Dank ihrer Magensäure schreibt
Sie Runen. Jede Krähe.

Sie torkelt scheue Ironie,
Flieht souverän beschaulich.
Und wenn sie mich sieht, zwinkert sie
Mir zu, doch nie vertraulich.

[6] Joachim Ringelnatz: Gans am Sanktnimmerleinstag, Federzeichnung

Umzug nach Berlin

(1930)

Nach Berlin, nach Berlin,
Nach Berlin umzuziehn,
Aus der dümmsten Stadt in der Welt –
Wie das lockt!! – Ich, verdumpft,
Ich, verstockt und verstumpft,
Habe endlich mich auf den Kopf gestellt.

Ach wie schön ist's, im Frein
Und im Hellen zu sein!
Und wär's nur ein luftiges Zelt.
Aber gar nach Berlin,
Nach Berlin umzuziehn,
Aus der dümmsten Stadt in der Welt!

Mir ist wohl, mir ist weh –
So als ging ich in See –
Denn ich lasse auch Freunde zurück.
Doch ihr Freunde, folgt nach
Aus kleinpopliger Schmach
In den Großkampf um sauberes Glück.

Lebensabschnitt

Ich mache eine Amnestie
Aus herzlichem Verlangen.
Und sei auch du und sein auch Sie
Zu mir ganz unbefangen.

Das Leben ist ein Rutsch-Vorbei.
Nur das, was echt gewesen,
Nährt weiterhin. – Ein Besen,
Zu wild geschwenkt, schlägt viel entzwei.

Seid gut zu mir und macht Radau,
Verzeihend und aus Reue!
Wollt ihr? Wer reist aufs neue
Mit mir ins Himmelblau?

An M. zum Einzug in Berlin[1]

Morgen, wenn du einfährst in Berlin,
Bin ich da,
Denk ich an die Scharen von Staren,
Die nach Afrika ziehn.

Sorgenmürbe bist du nachts gefahren.
Einer Sommermorgensonne möcht ich gleichen,
Wenn du mir die lieben Hände reichen
Wirst. –

Willkommen in Berlin! Und gib
Alle Koffer mir zum Tragen.

Neue Heimat läßt mich neu dir sagen:
So wie dich hab ich kein andres lieb.

1 M.: Muschelkalk – der Kosename, mit dem Ringelnatz seine Ehefrau Leonharda rief.

Am Sachsenplatz: die Nachtigall

Es sang eine Nacht ...
Eine Nachti ...
Ja Nachtigall am Sachsenplatz
Heute morgen. – Hast du in Berlin
Das je gehört? – Sie sang, so schien
Es mir, für mich, für Ringelnatz.

Und gab mir doch Verlegenheit,
Weil sie dasselbe Jauchzen sang,
Das allen Dichtern früherer Zeit
Durchs Herz in ihre Verse klang.
In schöne Verse!

Nachtigall,
Besuche bitte ab und zu
Den Sachsenplatz;
Dort wohne ich. – Ich weiß, daß du
Nicht Verse suchst von Ringelnatz.

Und hatten doch die Schwärmer recht,
Die dich besangen gut und schlecht.

Frohe, sich besinnende Stunde

Mein Magen knurrt,
Wie Ferngewitter grollen.
Die Katze schnurrt.
Was wohl solche Geräusche wollen?

Ich habe Geld. Ich habe Appetit.
Ich bin gesund und hab die Lust im Herzen,
Mit meiner Frau ganz kindisch dumm zu scherzen,
Auch wenn die seriöse Welt zusieht.

Ich brauche kein Klistier.
Und was mir Freunde tun und sagen – –
Oh, ist Gott gut zu mir!
Wie soll ich das ertragen.

Entgleite nicht

Wer hätte damals das gedacht!?
Von mir!? – Wie war ich davon weit!

Dann stieg ich, stiegen wir zu zweit
Und sagten glücklich vor der Nacht:
»Kehr nie zurück, bedankte Ärmlichkeit!«

Es war ein wunderschönes Hausen
In guter, kleinerbauter Heimlichkeit. –

Ganz winzige, herzförmige Fenster gibt's. –

Im reichen Raum vergißt man leicht das Draußen.

Entgleite nicht, du Glück der Einfachheit.

Vornehme Herren-Bar

Weite Welt auf schmalem Fleck. –
Wohlerzogen grüßt der Mixer.
Jeder Griff – der kürzeste zum Zweck –
Ist ein wohlgefälliger und fixer.

Zwingt das nahe vis-à-vis
Zum Belauschen, zum Studieren;
Reizt die Neugier zum Probieren
Und bewegt die Phantasie
Zum Vergleichen.

Altberühmteste Gefäße
Mit geheimnisvollen Zeichen
Speien etwas Majestät
Knapp und rein wie gute Späße
In gepflegtes Mischgerät.

»Wenn ein Armer jetzt hier säße! ...?«
Fragt Sentimentalität.
Doch die fragt sentimental.

Solche Bar hat hohe Sitze.
Hinter international
Abgeklärtem Meisterwitze
Schlägt ihr Herz diskret neutral.

[7] Joachim Ringelnatz: Exotische Frauen, Aquarell, undatiert

Heilsarmee

Es singen auf der Straße
Soldaten aus innigem Mut.

Mein Herz hat vor dieser Oase
Im Stadtgetriebe sich ausgeruht.
Den Liedern nicht, nur den Stimmen
Lauschte mein Respekt.

In den Augen der Umstehenden schwimmen
Verschämte Gedanken als Nackte erweckt.

Soldaten in gleicher, schlichter Tracht,
In Eintracht, lachen und stammeln,
Gehen täglich, Hilfe zu sammeln
Für die Ärmsten des Tags, für die Ärmsten der Nacht.

Es drängt mich, dieser leisen,
Doch offenen und einfachen Macht
Offen Ehre zu erweisen. –
Gott lächelt, wo die Heilsarmee lacht.

Im Aquarium in Berlin

Aus tiefster Nacht alles Grauen
Im Funkel kindlicher Fernseligkeit.
Deine eigenen Augen schauen
Dich an durch tausendjährige Zeit.

Zwischen atmendem Stein und Mimose
Wandert und wundert, ohne Schrei,
Ohne Klage, das nicht seelenlose
Nur seelenblinde Vorbei.

Auch dein Herz ist stehengeblieben
Und lauscht – du merkst es nicht –
Auf etwas, was nie geschrieben
Ist und was keiner spricht.

Thar

Als ich abends den Zoo verließ,
Entdeckte ich noch ein Tier. Das hieß
Thar,
Himalaja. Es war
Wunderbar.

Seines Felles langseidenes Haar
Legte ein Wind bald sohin, bald sohin.
Es hatte wonnige Farben in Braun.

Das Tier schien mir durch die Seele zu schaun
Und weiter und fernhin, doch wohin?

– Himalaja – Himalaja –
Der, die oder das Thar? –

Wie ernst ich vor dem Käfig war.

Kanäle in Berlin

Beleuchtete Zimmer und Säle
Locken mit lautem und hellem Spiel.
Aber die dunkle Politur der Kanäle
Verschweigt so viel.

Uferlängs gehen unsichtbar –
Stoßweise – zwei Stimmen.
Sonderbar! Wie in Gefahr!?
Oder als ob sie schwimmen.

Eine klang wie ein Kind. –
Ich bin links eingebogen.
Dort, wo die hellen Häuser sind,
Hab ich traurig mich belogen.

Die Träumer in der Untergrundbahn

Die Träumer in der Untergrundbahn
Haben vernebelten Blick.
Sie träumen ihre Zeit, ihr Geschick,
Beidem untertan.

Will keiner von ihnen den anderen sehn,
Will keiner vom anderen hören,
Will keines irgendwie stören.
Sie fahren. Und ihre Gedanken gehn,
Gedanken gehen, langsam, im Rund,
Laufen sich nicht die Sohlen wund.

Die Träumer in der Untergrundbahn,
Sie haben weder Klage noch Wahn.
Sie haben nicht viel zu erträumen
Unter Grund.
Sie werden ihr Ziel nicht versäumen.

Wenn die sich Künstler einladen

Sie haben dich eingeladen
Und bieten dir nichts
Als nur den Schein ihres Lichts.
Und wollen doch in dir baden.

Sie haben auch dich gehabt.
Ihr Gästebuch wird dich nennen.
Sie waren so begabt,
Dich zu kennen.

Dir wird neben Speise und Trank
Jedweder Luxus serviert.
Beim Abschied zahlst du geniert
Den armen Dienern noch ärmeren Dank.

Und dann, daheim, bist du krank.

Zeitversprengte Freunde

Wir Freunde auf einen Faden gereiht,
Es kam nicht so, wie wir wollten.
Denn unsere Kette riß mit der Zeit,
Und wir rollten.

Von allen Winden zerstreut und gehetzt,
Verschliffen und verwittert,
Meinten wir schon: Wir würden zuletzt
Sterben total verbittert.

Doch unser Trauern lernte Geduld
Und lächelt nun ruhig ins Neue.
Wir glauben an unsere eigene Schuld
Und an die Vergeltung für Treue.

Müde in Berlin

Wenn die Gedanken sich zerstreut
Aus dir entfernen,
So, daß kein schönes Bein dich freut,
Und eine trübe Feuchtigkeit
Hängt über dir, unter den Sternen, –
Wo willst du hin um solche Zeit?

Schön ist zum Beispiel die Peltzer-Bar.
Aber müde Menschen sind undankbar.

Geh heim und lege dich zur Ruh.
Du findest doch die Worte nicht,
Wenn jemand freundlich zu dir spricht.
Denn du bist du
Und kannst dir selber nicht entfliehn.

Leg dich in deine Hände.
Dann schäumt das schillernde Berlin
Um deine ernsten Wände. – –
Dein Schiff wird in die Ferne ziehn.

Nach geballten Enttäuschungen

Und nehmen sie die ganze Hand,
Wenn ich den kleinen Finger gebe.
Und Leute sind's von hohem Stand
Und wissen doch nicht, wie ich lebe.

Dann andre wieder, die mich nutzen
Und ziehen dreist aus mir Gewinn.
Wenn meine Einsicht schweigt, dann putzen
Sie das noch aus nach ihrem Sinn.

Ich fühle – weiß nicht – was ich weiß,
Und mich gelüstet's dreinzuschlagen
Auf dieses gierige Geschmeiß. –
Doch meine Treuesten versagen.

Es scheint mich alles zu verfluchen.
Als ich mich selbst verfluchen will,
Legt sich die See. – Ich wurde still,
Fand neu, was niemals ist zu suchen.

Freund und Freund versäumen sich

Wollen wir uns vergessen?
Weil man an Fremden Geld gewinnt.
Indessen
Die kränkelnde Zeit verrinnt.

Müde und hohler
Wird Gleichtagsglück.
Denk ich an unsere Hochflut zurück,
Dann wird mir wohler.

Noch haben wir's, uns zu beschenken,
Zu eifern, wie jedes das andre erfreut.
Wollen wir uns so lange bedenken,
Bis Lebendes hinter Verstorbnem bereut?

Ist doch noch nichts zerstört. –

Denke dir: Gestern sang
Ein Nachtkehlchen immerzu.
Hab jahrelang keins gehört. –
Wie lange singt es? – Wie lang
Ist das Leben? Und wo bist du?

Gepflegte Wege

Was einem nicht nur in Berlin begegnet:
Ein Auto fährt mich. Asphalt ist verregnet.
Der Wagen schleudert; lustig anzuschauen.
Die Lust wird schal. Die Fahrt verliert an Leitung.
Da fällt mir ein: Ich las doch in der Zeitung
Von dem Projekt, den Asphalt aufzurauhen.

Bums! – Leichte Panne! Was mich neu versöhnt. –
Ich habe gute Freunde. Männer, Frauen. – –
Die glatte Straße spiegelt und verwöhnt. – –
Es wird mal Zeit, Freundschaften aufzurauhen.

Ein Herz laviert nicht

Ich nenne keine Freundschaft heiß,
Die niemals, wenn's ihr unbequem,
Den Freund zu überraschen weiß
Trotzdem.

Denn wenn sie Zeit und Mühe scheut,
Ein Unverhofft zu bringen,
Das einen Freund unendlich freut,
Dann hat sie keine Schwingen.

Den Umfang einer Wolke mißt
Kein Mensch. Weil sie nicht rastet,
Noch ihre Freiheit je vergißt. –
Ich glaube: Keine Wolke ist
Mit Arbeit überlastet.

Segelschiffe

Sie haben das mächtige Meer unterm Bauch
Und über sich Wolken und Sterne.
Sie lassen sich fahren vom himmlischen Hauch
Mit Herrenblick in die Ferne.

Sie schaukeln kokett in des Schicksals Hand
Wie trunkene Schmetterlinge.
Aber sie tragen von Land zu Land
Fürsorglich wertvolle Dinge.

Wie das im Winde liegt und sich wiegt,
Tauwebüberspannt durch die Wogen,
Da ist eine Kunst, die friedlich siegt,
Und ihr Fleiß ist nicht verlogen.

Es rauscht wie Freiheit. Es riecht wie Welt. –
Natur gewordene Planken
Sind Segelschiffe. – Ihr Anblick erhellt
Und weitet unsre Gedanken.

Seefahrt

Wie viele Gedanken begleiten,
Erwartend die Schiffe, hin, her, von Land!

Manchmal gleichen auf See die Zeiten
Dachzimmerchen ohne Wand.

Wenn Schiffe verschollen geblieben,
Untergegangen sind,
Fragt niemand mehr: Welcher Wunsch, welcher Wind
Hat das Schiff in die Ferne getrieben?

Was ist's, was die Schiffe meistert,
Durch die Möglichkeiten sie leitet?
Der Mut, der den Weltblick begeistert,
Rauhleben, das Kleinblicke weitet.
Mit Ehrlichkeit durch Gefahr. –

Vielleicht ist das morgen nicht mehr.
Doch Seefahrt, wie vordem sie war,
War wunderbar.
Roch nach Gewürzen und Teer.

Was dann?

Wo wird es bleiben,
Was mit dem letzten Hauch entweicht?
Wie Winde werden wir treiben –
Vielleicht!?

Werden wir reinigend wehen?
Und kennen jedes Menschen Gesicht.
Und jeder darf durch uns gehen,
Erkennt aber uns nicht.

Wir werden drohen und mahnen
Als Sturm
Und lenken die Wetterfahnen
Auf jedem Turm.

Ach, sehen wir die dann wieder,
Die vor uns gestorben sind?
Wir, dann ungreifbarer Wind?
Richten wir auf und nieder
Die andern, die nach uns leben?

Wie weit wohl Gottes Gnade reicht.
Uns alles zu vergeben?
Vielleicht? – Vielleicht!

Schwebende Zukunft

Habt ihr einen Kummer in der Brust
Anfang August,
Seht euch einmal bewußt
An, was wir als Kinder übersahn.

Da schickt der Löwenzahn
Seinen Samen fort in die Luft.
Der ist so leicht wie Duft
Und sinnreich rund umgeben
Von Faserstrahlen, zart wie Spinneweben.

Und er reist hoch über euer Dach,
Von Winden, schon vom Hauch gepustet.
Wenn einer von euch hustet,
Wirkt das auf ihn wie Krach,
Und er entweicht.

Luftglücklich leicht.
Wird sich sanft wo in Erde betten.
Und im Nächstjahr stehn
Dort die fetten, goldigen Rosetten,
Kuhblumen, die wir als Kind übersehn.

Zartheit und Freimut lenken
Wieder später deren Samen Fahrt.

Flöge doch unser aller Zukunftsdenken
So frei aus und so zart.

Überfütterter Magen

Ein Mann hatte att getan,
War also ein Attentäter.
Ich las es später
In der Straßenbahn.

Es baumelten Kinderbeinchen
An Kindergelenkchen,
Händchen knutschten ein Schweinchen
Aus Plüsch, ein Onkelgeschenkchen.

Ein kleiner Singsang ging
Im Wartezimmer hin und her. –
Als mich der Arzt empfing,
Sprach ich: »Mir fehlt nichts mehr.«

Schindluder

Es war ein Pferd, das war ergraut
Und wurde deshalb abgebaut.
Man nahm zuerst ihm seine Haut.
O nein, da liegt ein Irrtum vor,
Weil es zuvor den Schwanz verlor.

Es schleppte Lasten, schwitzte Blut.
Das Roßfleisch schmeckt dem Hunger gut.

Die Peitsche hieb auf mürbe Knochen.

Dann ist das Pferd zusammenbrochen.

Aus dem Kadaver aber floh
Ein Pegasus, der furzte froh.

Bleibt uns und treibt uns

Was Sehnsucht durch ein Loch im Bretterzaun
In deiner Jugend sah,
Nun steht es vor dir, hoch und herb und braun
Und schön bewegt und dir ganz nah.

Doch da du zartest danach greifen willst,
Ist eine starre Wand aus Glas dazwischen –
Ein Durst entschwindet, den du nimmer stillst,
Hell wie Millionenglanz von Silberfischen.

Wupper-Wippchen

Als in Elberfeld wir in der Schwebebahn
Runter auf das Wupperwasser sahn
Und dann plötzlich unsre Blicke hoben
Gen einander ins Gesicht,
Hätten wir uns eigentlich verloben
Können. – Doch wir taten's nicht.
Weil man manchmal in der Schwebe Schweigen
Vorzieht. Um bald wieder auszusteigen.

Mißglücktes Liebesabenteuer

Das Herz sitzt über dem Popo. –
Das Hirn überragt beides.
Leider! Denn daraus entspringen so
Viele Quellen des Leides.

Doch ginge uns plötzlich das Hirn ins Gesäß
Und die Afterpracht in die Köpfe,
Wir wären noch minder als hohles Gefäß,
Nur gestürzte, unfertige Töpfe.

Herz, Arsch und Hirn. – Ich ziehe retour
Meine kleinliche Überlegung. –
Denn dieses ganze Gedicht kommt nur
Aus einer enttäuschten Erregung.

Geradewegs

Was in uns lebt, soll immer in uns leben,
Wenn's gut ist,
Was immer sich auch mag begeben
Und wie auch immer uns zumut ist.

Natürlich kommt's, daß wir zuweilen
Entgleisen.
Dann kann kein Eigensinn das heilen.

Doch schon mit einem versuchsweisen,
Reuigen Lächelchen
Flickst du
Das eingerissene Löchelchen
Wieder zu.

Weiß nicht mehr, was ich sagen wollte

Angegriffen und doch unversehrt
Rollt ein Bächlein zu Tale.
Und ein Stahlhelm ist umgekehrt
Eine stillende Schale.

Mancher Dieb wird erwischt.
Jedes Leben erlischt.
Zu dem Staubgefäß in der Dolde
Schleicht sich auch mancher Dieb – –
Ich weiß gar nicht mehr, was ich sagen wollte – –
Sei lieb!

Meine Schuhsohlen

Sie waren mir immer nah,
Obwohl ich sie selten sah,
Die Sohlen meiner Schuhe.

Sie waren meinen Fußsohlen hold.
An ihnen klebt ewige Unruhe,
Und Dreck und Blut und vielleicht sogar Gold.

Sie haben sich aufgerieben
Für mich und sahen so selten das Licht.

Wer seine Sohlen nicht lieben
Kann, liebt auch die Seelen nicht.

Mir ist seit einigen Tagen
Das Herz so schwer.
Ich muß meine Sohlen zum Schuster tragen,
Sonst tragen sie mich nicht mehr.

Ehe du Schuhe kaufst

Dein Schuh wird dich hassen,
Wenn du ihn nicht liebst,
Keiner kann sich dir anpassen,
Dem du keine Achtung gibst.

Was du trägst, soll auch dich tragen.
Bedenke, bevor du wählst, –
Sei es einen Schuh – daß du
Sozusagen
Dich mit ihm vermählst.

Achte, daß ihm weder Sohle noch Seele,
Nicht Qualität noch Charakter fehle. –
Jeder Schuh hat ein Gesicht.
Jeder Schuh spricht.
Adel, Güte, Schönheit – alle Gaben
Kann ein Schuh haben.

Kann ein Kinderschuh an sich
Schon so rührend sein. – Auch Leder lenkt das Leben.
Aber du mußt wissen, mit wem du dich
Willst umgeben!

Regenschauer

Der erste dicke Tropfen schlug –
Es war wie Blut – mir auf die Hand.
Da ich den Himmel und das Laub verstand,
Schien nur das Publikum mir wie Betrug.

Ein Tropfenwitz traf meinen Wein.
Das Publikum mit fetten Torten
Floh unter neckisch dünnen Worten
Vom Garten in das Haus hinein.
Ich Dummplikum blieb ganz allein.

Erst als der Kellner mir das Tischtuch kündigte,
Bemerkte ich, wo falsch, wo echt ich sündigte,
Ging auch ins Haus und übersann vergnügt:
Wozu ein Regentropfen schon genügt.

Sehnsucht nach zwei Augen

(September 1930)

Diese Augen haben um mich geweint.
Denk ich daran, wird mir weh.
Wie die mir scheinen und spiegeln, so scheint
Keine Sonne, spiegelt kein See.

Und rührend dankten und jubelten sie
Für das kleinste gute Wort.
Diese Augen belogen mich nie.

Nun bin ich weit von ihnen fort,
Getrennt für Zeit voll Ungeduld.
Da träumt's in mir aus Leid und Schuld:
Daß sie noch einmal weinen
Werden über meinen
Augen, wenn ich tot bin.

Ich habe gebangt um dich

Ich habe gebangt um dich.
Ich wäre so gern für dich gegangen. –
Du hättest im gleichen Bangen
Dann gewartet auf mich.

Ich hörte nicht mehr,
Und ich sah auch nicht.
Ein Garnichts floh vor mir her,
Gefrorenes Licht.

Nun atmet mein Dank so tief,
Und die Welt blüht im Zimmer. –
Daß alles so gnädig verlief,
Vergessen wir's nimmer!

Traurig geworden

Traurig geworden im Denken,
Traurig ohne Woher.
Als könnte mir niemand mehr
Etwas schenken.

Kann selbst doch niemandem mehr
Etwas schenken.
Nicht daher – ich weiß nicht, woher –
Kommt mir das traurige Denken.

Es pickt eine Krähe im Schnee.
Vergraben im Schweigen
Hängt gramvoll ein winzig Wehweh
Unter rauschenden Zweigen.

Wo ist der Mensch, den ...

Wo ist der Mensch, den ich gerade brauche?
Mir ist illegitim traurig zu Mut.
Als läge meine Traurigkeit im Bauche.

Ach, welche Menschen sind denn eigentlich gut?
Ich kann es mir im Grunde nicht verhehlen,
Daß ich jetzt böse grüble über die,
Die augenblicklich mir gerade fehlen.

Und kämen sie: Wie schroff empfing ich sie!
Mißtrauisch würde selbst mein Loben klagen,
Und wenn ich sänge, wie ein Vogel singt.
Auch käme ich gar nicht darauf, zu fragen,
Ob sie nicht just auch einen von den Tagen
Durchgrübeln, da uns alles schmal mißlingt.

Rückblick

Ich sehe hinter dem Grau heute Blau,
Und ich bin milder geworden.
Ich bin nicht mehr der junge Radau
Und wehe nicht mehr aus Norden.

Es kommen die Jüngsten auch mal dahin,
Wenn sie streng Zauderndes wagen
Und fragen nach jedem »Wie ist ...?« dann: »Wie bin ...?«
Und werden still Danke sagen.

Warten auf Weißnichtwas

Ein Leierkasten wringt sich aus.
Es klingt nach Leben und Sterben.
Im Schutt im Winkel hinterm Haus
Liegen häßliche Scherben.

Am Fenster quält sich ein winziges Tier,
Läuft immer dieselbe Schleife.
Es klingelt. – Ein Armer bietet mir
Schnürsenkel an. Oder Seife.

Es ist nichts neu und nichts verstellt
An meinen Gegenständen.
Nichts lockt mich hinaus in die Außenwelt.
Nichts hält mich hinter vier Wänden.

Ein Liebesbrief

(Dezember 1930)

Von allen Seiten drängt ein drohend Grau
Uns zu. Die Luft will uns vergehen.
Ich aber kann des Himmels Blau,
Kann alles Trübe sonnvergoldet sehen.
Weil ich dich liebe, dich, du frohe Frau.

Mag sein, daß alles Böse sich
Vereinigt hat, uns breitzutreten.
Drei Rettungswege gibt's: zu beten,
Zu sterben und »Ich liebe dich!«

Und alle drei in gleicher Weise
Gewähren Ruhe, geben Mut.
Es ist wie holdes Sterben, wenn wir leise
Beten: »Ich liebe dich! Sei gut!«

Marter in Bielefeld

Es war in Bielefeld so bitter kalt.
Ich sah ein Weib, das nichts als eine knappe
Hemdhose trug. Daß ich erschauerte
Und ihren kalten Zustand heiß bedauerte.
Denn sie war nur Attrappe – Fleisch aus Pappe.

Ich wäre gar zu gern zu zweit gewesen.
Nun stand ich vor der reizenden Gestalt,
Mußte herabgesetzte Preise lesen,
Und ach, die Ladenscheibe war so kalt.

Der Frost entlockte meiner Nase Tränen.
Die Dame schwieg. Die Sonne hat gelacht.
In mir war qualvoll irgendwas entfacht.
Es kann kein Mann vor Damenwäsche gähnen.

Tropensehnsucht

Nashornida nannte ich die Kleine.
Eigentlich klingt das so mild.
Nashornida hatte Trampelbeine
Und war wild.

Nashornida hat mir einen Knochen,
Alle Gläser, Porzellan und die
Linke Wand vom Kleiderschrank zerbrochen.

Doch sie hat nach Afrika gerochen,
Und das reizte meine Phantasie.

Meine Musca domestica

Hoch soll sie leben!
Auch tief darf sie leben!
Meine Stubenfliege in der Winterzeit.
Alle Sauberkeit
Darf sie schwarz verkleben.
Was mag sie denken?
Was mag sie lenken,
Wenn sie scheinbar sinnlos auf dem Frühstückstisch
Zwischen Braten, Käse, Milch und Fisch
Immer unbehelligt flugwirr flieht,
Aber plötzlich einen Tischtuchfleck beehrt,
Wo kein Mensch etwas Besonderes sieht?

Ist ein Krümelchen wohl eines Totschlags wert!?

Mag sie meinetwegen
Ihre Eier legen
Wann, wohin und wieviel ihr beliebt!

Immer noch studiere
Ich am kleinsten Tiere:
Welche himmelhohen Rätsel es gibt.

Schwanneke starb am 9. Juni 1931

Schwanneke starb. Nachts ward es mir erzählt.
Der Schauspieler, von dem nun alles spricht.
Ich habe nicht zu seinem engsten Kreis gezählt,
Er auch zu meinem nicht.

Ich wußte: Er war populär, begabt.
Wir sprachen wenig. Er war still, bescheiden.
Nun fühl ich erst: Ich hab ihn lieb gehabt
Und weiß, warum ihn alle mochten leiden.

Er ging mich nicht viel an. Doch er war gut,
Und das ist viel. Warum – muß ich nun fragen –
Fand zwischen Scheu und Scheu sich nicht der Mut,
Einander Herzlicheres frei zu sagen?

Schweigende Fahrgäste

Die Fremden, mit denen ich fahre,
Gezwungen einander gesellt –:
Aus jedem Augenpaare
Träumt eine andere Welt.

Doch wie ich mich allen verbinde
In schweigender Rätselei,
Irr ich vielleicht. Doch ich finde:
Man wird versöhnend dabei.

Abglanz

Gaben zwei sich einen Abschiedskuß,
Anscheinend zwei Freundinnen.
Stieg die eine in den Omnibus.
Und der Omnibus fuhr von hinnen.

Die im Omnibus saß mir zugewandt.
Und ich sah, daß in ihrem Gesichte
Noch lange ein liebes Lächeln stand;
Das erzählte eine kleine Geschichte.

Frau Werner hieß das Tier

(22. Juni 1931)

Mein Hund, den ich einmal an Oertners gab,
Weil sie ihn überlieb gewonnen hatten,
Den mußten sie heute bestatten.
Betteten ihn in ein Hundegrab.

Eine Terrierhündin, die vierzehn Jahr
Alt wurde und Kriegskameradin mir war,
Ist sanft und rührend entschlafen.
Nun weinen die Oertners, die braven.

Mich tröstet traurig: So ging's, so geht's.
Hat Bug wie Heck seine Wellen. –
In meinem besten Erinnern wird stets
Etwas wedeln und etwas bellen.

Wenn es unversehns ganz finster wird

Wenn es unversehns ganz finster wird –
Wenn sich Fliegen vor dem Tod erbosen,
Summend – gegen feuchte Stirnen stoßen – –

Wenn ein Fensterblümchen sein Köpfchen versteckt –
Wenn ein Zündholzblinken dich erschreckt – –

Was bei Licht du übersehen
Hast, will es nun vor dir stehen?

Willst du Lachen gegen Lachen
Heucheln? Hohle Witze machen?
Daß du vorm Gewissen fliehst,
Öffentlich,
Lachenden Gesichts??

Hüte dich!
Weißt du, was du morgen siehst? –
Vielleicht nur und für immer: nichts.

Schiff 1931

Wir haben keinen günstigen Wind.
Indem wir die Richtung verlieren,
Wissen wir doch, wo wir sind.
Aber wir frieren.

Und die darüber erhaben sind,
Die sollten nicht allzuviel lachen.
Denn sie werden nicht lachen, wenn sie blind
Eines Morgens erwachen.

Das Schiff, auf dem ich heute bin,
Treibt jetzt in die uferlose,
In die offene See. – Fragt ihr: »Wohin?«
Ich bin nur ein Matrose.

Nichts geschieht

Wenn wir sterben müssen,
Unsere Seele sich den Behörden entzieht,
Werden sich Liebende küssen;
Weil das Lebende trumpft.

Aber wenn nichts geschieht,
Bleibt das Leben nicht einmal stehn, sondern schrumpft.

Was heute mir ins Ohr klingt,
Ist nur, was Klage vorbringt.
Und was ich mit Augen seh
An schweigender Not, das tut weh.
Aller Frohsinn in uns ist verreist.

Und nichts geschieht. – Und der Zeiger kreist.

Und auf einmal steht es neben dir

Und auf einmal merkst du äußerlich:
Wieviel Kummer zu dir kam,
Wieviel Freundschaft leise von dir wich,
Alles Lachen von dir nahm.

Fragst verwundert in die Tage.
Doch die Tage hallen leer.
Dann verkümmert deine Klage ...
Du fragst niemanden mehr.

Lernst es endlich, dich zu fügen,
Von den Sorgen gezähmt.
Willst dich selber nicht belügen
Und erstickst es, was dich grämt.

Sinnlos, arm erscheint das Leben dir,
Längst zu lang ausgedehnt. – –
Und auf einmal – –: Steht es neben dir,
An dich angelehnt – –
Was?
Das, was du so lang ersehnt.

Herbst im Fluß

Der Strom trug das ins Wasser gestreute
Laub der Bäume fort. –
Ich dachte an alte Leute,
Die auswandern ohne ein Klagewort.

Die Blätter treiben und trudeln,
Gewendet von Winden und Strudeln
Gefügig, und sinken dann still. – –

Wie jeder, der Großes erlebte,
Als er an Größerem bebte,
Schließlich tief ausruhen will.

Der mir viel Leid antat

Ich verfluche dich nicht.
Ich denke nicht mehr an Rache.
Ich suche, ob in deinem Gesicht
Die Reue erwache.

Du hast unsere Freundschaft kalt gemacht,
Um Geld zu gewinnen. –
Meine Fäuste sind nicht mehr geballt.
Mir kannst du entrinnen,
Doch nicht der Vergeltung. –

Meinst du, daß du glücklich bist,
Weil du dir siegreich erscheinst?

Du!?! – Das Schicksal stellt jedem Frist.

Noch, noch ist Möglichkeit,
Daß du der Vergeltung entrinnst.
Wenn du dich selbst besinnst,
Zurückgibst. Und rein beginnst.

Die Überholten

Und Menschen triffst du, und dich stört ihr Reden,
Weil es nichts Neues dir enthüllt.
Du kennst all ihre Zellen, hast längst jeden
Gedanken überholt, der sie erfüllt.

Du willst durchaus nicht, daß sie näher kommen;
Du fürchtest, daß du überlegen siegst.
Doch schweigend dann besinnst du dich beklommen,
Wie du den Anfang so wie sie genommen
Und daß du dankbar sein mußt, weil du stiegst.

Doch wenn du dich bescheiden an sie wendest
Und einfach sprichst, erfährst du, daß du störst.
Und einsam klingt der Satz, den du vollendest.
Weil du doch nimmer ihnen angehörst.

Neujahrsnachtfahrt

Wenn du nachts in ein Auto steigst,
Und dir ist bang und winterlich zu Mut,
Und du dem Chauffeur die Richtung zeigst
Und sagst: »Sie fahren gut.«

Wenn du so den Kopf des Wagenlenkers lenkst,
Daß er's gar nicht gewahrt,
Wie du traurig bist und an Sterben denkst, –
Das ist nächtliche Fahrt.

Draußen leuchtet Volk und lacht und schießt. –
Mitlächelnd denkst du fremdwärts still
An etwas, was du vom Flugzeug aus siehst,
An ein Flüßchen, das unter dir weit fließt
Sohin, dorthin, wo es muß; nicht will.

Wer hört ein Stäubchen lachen?

Stäubchen stob durch die Stube.
Dort saß ein kleiner Bube
(Der Stäubchen wie ein Riese erschien)
Vor einem Stadtplan von Berlin.

Stäubchen lachte: »Berlin ist klein!«
Drang in Bübchens Nase hinein
Und ließ sich von dem Riesen
Wieder ins Weltall niesen.

Humpelnde Welt

Es bleibt nicht aus, daß man den Mut verliert,
Wenn man schon längere Zeit mit seinen wunden
Füßen herumexperimentiert. –
Ich hatte noch immer nicht den richtigen Schuh,
Die richtige Sohle, die richtige Salbe gefunden;
Ich sah – fast getröstet – anderen Humpelnden zu.

Und kam ein Morgen, ein kalter, unangenehmer,
Der hatte – mir günstig – mir freudige Post beschert.
Ich humpelte weinwärts, aber ich hinkte bequemer
Als sonst. Und fand alles Leben so lebenswert.

Ich glaube: Es schneite, donnerte, regnete,
Rauchte – aber für mich nicht bestellt.
Mir lächelte alles, was mir begegnete.
Auch du kannst so schön sein, humpelnde Welt.

Einer meiner Bürsten

Deine Borsten wurden weiche Haare,
Meine drohen auszugehn.
Zweimal im Verlauf der dreißig Jahre
Hab ich dich bewundernd angesehn.

Einmal, als du ganz neu warst,
Und jetzt, da mein Zufall sich besinnt,
Daß die Zeit verrinnt und das Gefühl gerinnt. –
Drei Jahrzehnt, in denen du mir treu warst.

Gibt sich Treue uns so zum Bequemen,
Daß wir sie als selbstverständlich nehmen,
Dann steht's schlimm.

Schäme ich mich, einen Bart zu küssen,
Der jahrzehntelang meinen Dreck hat küssen müssen?

Alte Kleiderbürste, Küßchen! nimm!

Ein ganzes Leben

»Weißt du noch«, so frug die Eintagsfliege
Abends, »wie ich auf der Stiege
Damals dir den Käsekrümel stahl?«

Mit der Abgeklärtheit eines Greises
Sprach der Fliegenmann: »Gewiß, ich weiß es!«
Und er lächelte: »Es war einmal –«

»Weißt du noch«, so fragte weiter sie,
»Wie ich damals unterm sechsten Knie
Jene schwere Blutvergiftung hatte?« –

»Leider«, sagte halb verträumt der Gatte.

»Weißt du noch, wie ich, weil ich dir grollte,
Fliegenleim-Selbstmord verüben wollte?? –

Und wie ich das erste Ei gebar?? –
Weißt du noch, wie es halb sechs Uhr war?? –
Und wie ich in Milch gefallen bin?? –«

Fliegenmann gab keine Antwort mehr,
Summte leise, müde vor sich hin:
»Lang, lang ist's her – – lang – – –«

Nacht ohne Dach

Nacht ohne Dach. – Nacht mit Lichtern. –
Café-Garten am Rande der Stadt, –
Wo jeder Gegenstand die Seele von Dichtern
Oder versöhnende Hilflosigkeit hat.

Und Menschen kommen und gehen.
Und es lügt ein Getu und Getön.
Aber Tischtücherzipfel wehen,
Und das ist schön!

Und dann ist auch schön: ein Paar
Verliebter Jugend. –
Nacht ohne Dach ...

Erinnerung, rufe nicht wach,
Wie schlimm eine Nacht ohne Dach
Einst für mich war.

Unter den Linden

Unter den Linden, vom Pariser Platz
An, unter und neben den kleinen Linden,
Kann jedes Mädchen einen Schatz
Ganz leicht finden.

Da wird einem so gut wie zu Hause zu Mut. –
Den ganzen Tag tönt dort
Autogetut.
Aber alles versöhnt dort.

Da schwingt im Takt einer Einigkeit
Der Asphalt unter den Füßen.
Und Neuzeit, gute und alte Zeit
Gehn hell vorüber und grüßen.

Unter den Linden
Schwindet der Haß,
Sieht man immer etwas
Um die Ecke verschwinden.

Nach einer Zeit

Der du unsrer so gedachtest,
Als uns alles sonst vergaß,
Soviel Glück, wie du uns brachtest,
Keine Wiese hat's an Gras.

Wenn zwei Augen im Erblinden,
Wenn zwei Herzen ganz verzagt
Plötzlich Licht und Hoffnung finden,
Dann hat Gott etwas gesagt.

Lächelt jetzt ein Regenwürmchen,
Weil die Amsel vor mir flieht?

Hohe Türme sind nur Türmchen,
Wenn ein Adlerauge sieht.

Vor einem Kleid

Karo ist in deinem Kleid,
Eine ganze Masse
Karo-Asse.

Wieviel Karos ihr wohl seid
In dem Kleid? – Das Kleid ist nett.

Karos sind im armen Bett.

Nun ich habe nicht gezählt,
Wenn mich auch die Frage,
Wieviel es wohl sind, doch quält.
(Immer wieder seh' ich hin.)

Weil ich männlich bin,
Rock und Hose trage,
Paßt solch Muster nicht für mich.
Karo ist zu munter.

Aber ich bestaune dich,
Fremdes Mädchen, hübsche Maid.
Karo ist in deinem Kleid.

Ist ein Coeur darunter?

Telefonischer Ferngruß

Ich grüße dich durchs Telefon,
Guten Morgen, du Gutes!
Ich sauge deiner Stimme Ton
In die Wurzeln meines Mutes.

Ich küsse dich durch den langen Draht,
Du Meinziges, du Liebes!
Was ich dir – nahe – je Böses tat,
Aus der Ferne bitt ich: Vergib es!

Bist du gesund? – Gut! – Was? – Wieviel? –
Nimm's leicht! – Vertraue! – Und bleibe
Mir mein. – – Wir müssen dies Wellenspiel
Abbrechen – – Nein, »dir« Dank! – – Ich schreibe! – –

So kann ein Wiedersehen sein ...

So kann ein Wiedersehn sein,
Daß Augenpaare tief einander messen.

»Lang, lang ist's her. Und doch
Hast du mich nicht – konnt ich dich nicht –
Vergessen.«

Froh war es einst. – Hat wenig sich bewährt. –
Viel starb vom Wenig. – Alte Bäume rauschen
Und neigen sich vornander ernst und lauschen
Wie Kinder einem Märchen, aber abgeklärt.
Denn was geschah, das muß wohl so geschehn sein.

Nun ist's, als rückten wir, ohn Worte, ohne Tat,
Enger zusammen, wie zu einem Skat,
Aber erlebt, erliebt! – So soll ein Wiedersehn sein.

Spute dich!

Spute dich, ehe das Postamt schließt!
Wenn auch ein Anziehn für nur zehn Minuten
Und ein Pustegehtaus-Lauf verdrießt:
Minute spart Tage im Sputen.

Fertiggestellt und nicht abgeschickt –,
Wem nützen halbe Sachen?
Freut man sich nicht nach Erwachen,
Wenn man schon Antwort auf gestern erblickt?
Freut man sich, wenn die Uhr nicht mehr tickt?

Versäume nichts, wenn dich der Moment
Mahnt. Irgendwer, der dich liebt und kennt,
Stirbt vielleicht fern, während du niest.
Ahnt vielleicht, daß du ihn nicht liebst. – –

Wenn du ihm jetzt schriebst,
Ihm, den du nicht wiedersiehst – –

Spute dich, ehe das Postamt schließt.

Zwischen meinen Wänden

Ich danke dir: Ich bin ein Kind geblieben,
Ward äußerlich auch meine Schwarte rauh.

Zu viele Sachen weiß ich zu genau
Und lernte mehr und mehr die Wände lieben.

Doch zwischen Wänden, wenn die Fantasie
Ein kleines Glück so glücklich zu erfassen
Imstande ist, daß wir uns sagen: Nie
Uns selber lieben! Nie das andre hassen!
Nur einsam sein! – –
Spricht oft mein Innerstes zu solcher Weisheit: Nein!
Denn all mein Sinnen lauscht, ob fremde Hände
Jetzt etwa klopfen werden an mein einsam Wände,
Und wenn's geschähe, rief es laut: Herein!!!

Brief in die Sommerfrische

Ich habe so Sehnsucht nach Dir.
Weil alles so gut steht
Auf unserem Gemüsebeet.
Und Du bist in England. Nicht hier
Bei mir.
Frau heißt auf Englisch »wife«;
Muß man, um das zu lernen,
Sich so weit und so lange entfernen?

Bei uns ist alles Gemüse reif.
Meinst Du, daß ich das allein
Esse? Kommt gar nicht in Frage.
Und so vergehen die Tage.
Könnte doch zu zweit so billig sein.

Bis August und noch September vergeht,
Ist alles verfault auf dem Beet.
Aber Englisch ist wichtiger als Gemüse,
Das es schließlich auch in Büchsen gibt.
Und ich gönne Dir das alles sehr. Grüße
Dich! Dein Mann (einsam in Dich verliebt).

Essen ohne dich

Ich habe mich hungrig gefühlt,
Doch fast nichts gegessen.
War alles lecker, das Bier so schön gekühlt –
Aber: Du hast nicht neben mir
Gegessen.

Verzeihe: Ich stellte mir vor,
Daß das ewig so bliebe,
Wenn du vor mir –
Ach was geht über Liebe?!!

Muß ich nun doch
Ein paar Tage noch
Fressen, ohne Lust; o das haß ich. –
Aber wenn du von der Reise
Heimkehrst, weiß ich, daß ich
Wieder richtig speise.

Privat-Telegramm

Unsere Kasse darf leer sein.
Doch dein Herz darf nicht schwer sein.

Jedes entschlüpfte harte Wort
Von mir, – streichle du sofort!
Und rate mir in gleichem Sinn!!!

Jedes Schmollschweigen tobt ohne Sinn
Hetzerisch durch die Brust.
Ärger ist stets Verlust,
Und Verzeihung ist immer Gewinn.

Unsrer beider Herzen mögen schwer sein
Durch gemeinsames Mißgeschick.
Aber keine Stunde zwischen uns darf liebeleer sein.

Denn ich liebe dich durch dünn und dick.

Segler

Weiße oder braune
Flügel führen schaukelndes Holz
Leise durchs Wasser fort:
Fischer? Lustfahrten nach Laune?
Oder Sport?

Aus dem Hafen läßt sich stolz
Ein stattliches Vollschiff leiten,
Um draußen vom Klüver bis zum Besan
Schweres Tuch auszubreiten
Und selbständig dann durch den Ozean
Zu gleiten.

Es schwankt eine kleine Stadt im Sturm
Unterm Befehl vom Kommandoturm. –
Schaumwirbelnde Wellen springen
Um ihre Mauern. – Die See wird wild
Und wieder mild. – Es wechselt das Bild
Immer neu. –
Die Matrosen singen
Und ziehen an Tauen Hand über Hand
Und bringen Schätze von Land zu Land.
Ahoi!

Durchnäßte Kleider. – Vereister Bart. –
Viel Arbeit und Wache um Wache. –
Ein harter Beruf in der Segelschiffahrt!
Doch es ist eine ehrliche Sache,
Und eine schöne, wenn Meer und Wind
Den Seglern gnädig sind.

Sag mir's besser!

Es stirbt ein Papier im Schnee,
Zertreten und zerknetet.
Ein Fisch in einem See,
Vor einem Netz, betet.

Eine Torte schämt sich.
Ein Schlachtvieh vergrämt sich
Und schmeckt darum schaler als Fleisch aus Amerika.
Zwischen Schlaflidern und Pupillen
Dreht sich Rhythmus bekannter Bazillen.
Aus einem Kästchen lächelt dein toter Papa.

Eine Briefmarke, ein Schmerz und ein Messer
Bestimmen, wie du einschläfst und erwachst.

Wenn du mich jetzt auslachst,
Zürne ich nicht. Aber sag mir's, sag mir's besser!

Wenn die Kaffeemaschine ...

Wenn die Kaffeemaschine –
Tsch – Zsch – Pff – explodiert,
Verzieht der Gast seine Miene.
Denn dann ist etwas passiert.

Je nachdem, was es ihm tat,
Lacht er, lächelt oder flucht er.
Darauf untersucht er
Ursache und Resultat.
Explosion, dann Diskussion, bis Scherz:
Wie's gepufft und wie's geblitzt hat.

Kaffee, der aufs Tischtuch sich verspritzt hat,
Geht nicht mehr aufs Herz.

Jenem Stück Bindfaden

Bindfaden, an den ich denke,
Kurz warst du, und lang ist's her.

Ohne dich wäre das so schwer
Und so hoffnungslos gewesen.

Auf der Straße von mir aufgelesen,
Halfst du mir,
Mir und meiner Frau. – Wir danken dir,
Ich und meine Frau.

Bindfaden, du dünne Kleinigkeit
Wurdest mir zum Tau. –
Damals war Hungerszeit;
Und ich hätte ohne dich in jener Nacht
Den Kartoffelsack nicht heimgebracht.

Abschiedsworte an Pellka

Jetzt schlägt deine schlimmste Stunde,
Du Ungleichrunde,
Du Ausgekochte, du Zeitgeschälte,
Du Vielgequälte,
Du Gipfel meines Entzückens.
Jetzt kommt der Moment des Zerdrückens
Mit der Gabel! – – Sei stark!
Ich will auch Butter und Salz und Quark
Oder Kümmel, auch Leberwurst in dich stampfen.
Mußt nicht so ängstlich dampfen.
Ich möchte dich doch noch einmal erfreun.
Soll ich Schnittlauch über dich streun?
Oder ist dir nach Hering zumut?

Du bist ein so rührend junges Blut. –
Deshalb schmeckst du besonders gut.
Wenn das auch egoistisch klingt,
So tröste dich damit, du wundervolle
Pellka, daß du eine Edelknolle
Warst und daß dich ein Kenner verschlingt.

Stille Straße

Nachts. – Straße. – Fragen Sie nicht, wo und wann.
Auch gleich vorausgesagt, daß nichts geschah. –
Da stand ein unscheinbarer, älterer Mann,
Der unverwandt nach einem Fenster sah.

Vielleicht war er – ich hatte leider Zeit –
Ein Lump, ein Trunkner oder ein Idiot –
Doch es schlägt niemals eine Möglichkeit
Die andre tot.

Wenn solch ein Anblick uns sechs-, siebenmal
Um einen Häuserblock spazierentreibt,
Zu sehen, wie der Mann dort stehenbleibt;
Vielleicht sind wir dann nur sentimental.

Aber dem Einsamen ist Stilles nah,
Wenn er das Laute nicht bezahlen kann. –

Da stand ein unscheinbarer, älterer Mann,
Der unverwandt nach einem Fenster sah.

Berge, Meer und Ebene

Die zwischen Bergen hausen:
Sie sehnen sich, wenn sie draußen
Sind, nach dem engen Glück
Ihrer Berge Schoß wehen Herzens zurück.

Es stehen im steten Verkehr
Mit der Welt die Leute, die am Meer
Leben; ihre Sehnsucht ist Reise,
Die zurückführt in weitem Kreise.

Die Menschen der Ebene lassen den Blick
Nach allen Richtungen weiden.
Sie untersuchen das Weltgeschick
Zentral bescheiden.

Aus Bergen, Flüssen und flachem Land
Macht gleiche Sprache ein Vaterland.

Wie mag er aussehn?

Wer hat zum Steuerbogenformular
Den Text erfunden?
Ob der in jenen Stunden,
Da er dies Wunderwirr gebar,
Wohl ganz – – – oder total – – war?

Du liest den Text. Du sinnst. Du spinnst.
Du grinst – »Welch Rinds'« – Und du beginnst
Wieder und wieder. – Eisigkalt
Kommt die Vision dir »Heilanstalt«.

Für ihn? Für dich? – Dein Witz erblaßt.
Der Mann, der jenen Text verfaßt,
Was mag er dünkeln oder wähnen?
Ahnt er denn nichts von Zeitverlust und Tränen?

Wir kommen nicht auf seine Spur.
Und er muß wohl so sein und bleiben.
Auf seinen Grabstein sollte man nur
Den Text vom Steuerbogen schreiben.

Lächelnd ab

Gar nicht versöhnlich genug
Kannst du sein.
Auch der größte Betrug
Erntet so klein.

Ein Rotkehlchen, von Kanonen erschossen:
Hat sein Blut vergossen.

Kanonen haben, völlig unbewußt,
Eine rauhe Kehle und keine rote Brust.

Mich hat unter vielen Dingen
Beispielsweise jede Nacht ans Herz gepackt,
Da die Sterne unvernebelt, nackt
Durch den Himmel gingen.

O Welt in einem Ei

O Welt im Ei, von Haut
Und Schale rings umgeben!
Wenn dich die Sonne schaut,
Beginnt dein freieres Leben.

Dann lebst du, wie dein Ahne will,
Als Strauß, als Fisch, als Krokodil,
Als Huhn ein Mehrerwachen,
Ein größeres Glück und größere Qual
In einem weiteren Oval.
Bis neue Schalen krachen.

O Welt in einem Ei,
Wie Wichtiges entscheidet sich,
Geht deine Wand entzwei.
Vielleicht verschlingt man, kocht man dich,
Ißt dich mit Senf, mit Kaviar
(Störs ungezählten Eiern!).

Und wenn sie Ostern feiern,
Die dich verschlucken roh und gar,
Dann lachen sie und spaßen
a conto Osterhasen.
Doch wer von ihnen denkt dabei
An dich, du Mikrowelt in einem Ei?!

Was ist Kunst?

Was ist Kunst?? Verwegen ging die Frage
Durch Jahrhunderte und bis in meine Tage.

Doch in mein Haar griff eines Windes Wehen.
Und Straßensänger sangen mir von fern:
»Weißt du wieviel Sternlein stehen? –«

Am Himmel hoch erlosch im Licht ein Stern.

Der Glückwunsch

Ein Glückwunsch ging ins neue Jahr,
Ins Heute aus dem Gestern.
Man hörte ihn Sylvestern.
Er war sich aber selbst nicht klar,
Wie eigentlich sein Hergang war
Und ob ihn die Vergangenheit
Bewegte oder neue Zeit.
Doch brachte er sich dar, und zwar
Undeutlich und verlegen.

Weil man ihn nicht so ganz verstand,
So drückte man sich froh die Hand
Und nahm ihn gern entgegen.

Viel gesiebt

Ich habe versucht, einen Wind einzufangen.
Aber ich fand das Gefangene nicht.

Ich bin durch tiefe Wälder gegangen,
Wo der Wind ganz tief mit den Wipfeln spricht,
Wipfeln von ganz hohen Kiefern.
Ich sah im Moos eine Bierflasche liegen.
Wenn ich in einem Bierversand
Die würde abliefern,
Bekäme ich zehn Pfennige Pfand.

Ich habe versucht, das viele Versuchen
Ganz aufzugeben.

Ich nahm einer Wanze das Leben,
Die mich nur gejuckt hat. – –

Unsereiner
Wird immer kleiner,
Je tiefer er ins Leben geguckt hat.

Landregen

Der Regen rauscht. Der Regen
Rauscht schon seit Tagen immerzu.

Und Käferchen ertrinken
Im Schlammrinn an den Wegen. – –
Der Wald hat Ruh.
Gelabte Blätter blinken.

Im Regenrauschen schweigen
Alle Vögel und zeigen
Sich nicht.

Es rauscht urewige Musik.

Und dennoch sucht mein Blick
Ein Streifchen helles Licht.
Fast schäm ich mich, zu sagen:
Ich sehne mich nach etwas Staub.

Ich kann das schwere, kalte Laub
Nicht länger mehr ertragen.

Arm Ding

Ich war erwacht und konnte den Morgen nicht grüßen.
Mich drückten Sorgen; die fanden die Menschheit so schlecht.
Ein Schmetterling saß verirrt auf dem Bettrand zu Füßen,
Hielt seine Samt-Flügel-Flächen waagerecht.

Und war so schön und so jung wie der Morgen,
So rein, wie der Morgen vom Schöpfer gedacht.
Ich trug ihn vors Fenster. – Doch meine Sorgen
Verdämmerten wieder, was in mir erwacht.

Mir war Unrecht geschehn. Ich bedauerte mich,
Empfand mein Leid, ohne daß ich verglich.

Und ein trüber, gelähmter Tag verging.
Der Abend begann, alles abzuschließen.
Da lag vor dem Haustor auf schmutzigen Fliesen
Ein regenzerschlagener Schmetterling. –
Arm Ding!

Sinnender Spatenstich

Unter der Erde murkst etwas,
Unter der Erde auf Erden.
Pitschert, drängelt. – Was will das
Ding oder was wird aus dem Ding,
Das doch in sich anfing, einmal werden??

Knolle, Puppe, Keim jeder Art
Hält die Erde bewahrt,
Um sie vorzubereiten
Für neue Zeiten.

Die Erde, die so viel Gestorbenes deckt,
Gibt dem Abfall, auch Sonderlingen,
Asyl und Ruhe und Schlaf. Und erweckt
Sie streng pünktlich zu Zwiebeln, zu Schmetterlingen.
Zu Quellen, zu Kohlen – – –

Unter der Erde murkst ein Ding,
Irgendwas oder ein Engerling.
Zappelt es? Tickt es? Erbebt es? –
Aber eines Tages lebt es.
Als turmaufkletternde Ranke,
Als Autoöl, als Gedanke – – –

Fäule, Feuchtigkeit oder feiner Humor
Bringen immer wieder Leben hervor.

Pinguine

Auch die Pinguine ratschen, tratschen,
Klatschen, patschen, watscheln, latschen,
Tuscheln, kuscheln, tauchen, fauchen
Herdenweise, grüppchenweise
Mit Gevattern,
Pladdern, schnattern
Laut und leise.
Schnabel-Babelbabel-Schnack,
Seriöses, Skandalöses, Hiebe, Stiche.

Oben: Chemisette mit Frack.
Unten: lange, enge, hinderliche
Röcke. – Edelleute, Bürger, Pack,
Alte Weiber, Professoren.

Riesenvolk, in Schnee und Eis geboren.
Sie begrüßen herdenweise
Ersten Menschen, der sich leise

Ihnen naht. Weil sie sehr neugierig sind.
Und der erstgesehene Mensch ist neu.
Und Erfahrungslosigkeit starrt wie ein kleinstes Kind
Gierig staunend aus, jedoch nicht scheu.

Riesenvolk, in Schnee und Eis geboren,
Lebend in verschwiegener Bucht
In noch menschenfernem Lande.
Arktis-Expedition. – Revolverschuß –:
Und das Riesenvolk, die ganze Bande
Ergreift die Flucht.

Steine am Meeresstrand

Steine schaumumtollt,
Zornig ausgerollt
Über Steine. –
Freiheit, die ich meine,
Gibt es keine.

Stille nun. Entbrandet
Ruht ihr, feucht umsandet,
Unzählbar gesellt,
Von der Zeit geschliffen
Oder kampfentstellt. –
Alle von der Welt
Lange rauh begriffen,
Schweigt ihr. – Ihr begreift die Welt.

Wie ich euch sortiere,
Spielerisch verführt:
Früchte, Götzen, Tiere,
Wie es Phantasie so legt,
Habt ihr in mir aufgerührt,
Was seit Kindheit mich bewegt.

Spitze, trübe, glatte, reine,
Platte, freche, winzig kleine,
Ausgehöhlte, fette Steine,
Plumpe, schiefe, trotzig große –

Ja ihr predigt ernst wie froh,
Meistens simpel, oft apart,
Weit umgrenzte, willenlose
Freiheit. – Predigt ebenso
Fromm wie hart.

Und ich darf noch

Hie und da, dann und wann
Ein Wehweh. Doch im ganzen:
Ich, der ich nicht tanzen kann,
Sehe gern andere tanzen.

Noch immer in Arbeit gestellt
Und die Arbeit genießend,
Finde ich dich, ausstudierte Welt,
Immer neu fließend.

Gehe durch die Straßen einer Stadt
Um Dinge herum, die stinken.
Was Beine oder keine Beine hat,
Kann blinken oder winken.

Ich kann einen Pflasterstein,
Der am Rinnstein liegt, aufheben.
O schönes Auferdensein!
Und ich darf noch leben.

Kummervolle Rückreise

Es wird vorübergehn,
Doch meine Müdigkeit
Glaubt nicht daran. – Die Uhr schlägt zehn
Und elf und zwölf; und wieder dann die gleiche Zeit.

So müde sein und noch nicht ruhn,
Nicht sterben dürfen – – Ach und nun
So ohne Trost die Liebste wiedersehn,
Die ich doch trösten will – –

Die Uhr schlägt zwölf und drei und vier und zehn. – –
Wenn ihre Feder bricht, stünde die Uhr jetzt still.

Gnädige Frau, bitte trösten Sie mich

Gnädige Frau, bitte trösten Sie mich
Über mein inneres Grau.
Das ist kein Scharwenz um ein Liebedich. –
Gnädige Frau, seien Sie gnädige Frau.

Mein Herz ward arm, meine Nacht ist schwer,
Und ich kann den Weg nicht mehr finden. –
Was ich erbitte, bemüht Sie nicht mehr,
Als wenn Sie ein Sträußchen binden.

Es kann ein Streicheln von euch, ein Hauch
Tausend drohende Klingen verbiegen.
Gnädige Frau,
Euer Himmel ist blau!

Ich friere. Es ist so lange kein Rauch
Aus meinem Schornstein gestiegen.

Und keins von diesen schönen Mädchen weiß –

Und keins von diesen schönen Mädchen kann
Die Spanne seiner Flügelmacht ermessen.

Ein älterer Herr hat neben ihr gesessen,
Sie einmal angeschaut, – ein älterer Mann.

Keins dieser jungen Mädchen weiß,
Wie alte, gute Augen auf sie blicken.
Sie hören Pulse, nicht die Uhren ticken.

Ein Trainsoldat, ganz jung, – den liebt sie heiß.

Wie vieles Wünschen und Verlangen
Wird unerfüllt unmerklich weggespült.

Alt ist geworden, wer das Leben fühlt. –

Nun ja: Der ältere Herr ist dann gegangen.

Und immer neu erlebt und neu bedichtet,
Ist das wohl recht und richtig eingerichtet?

Der Herr hat höflich, still zum Hut gefaßt.
Der Herr hat den Soldaten nie gehaßt.

Passantin

So schöner Wuchs! So schöne Haut!
So schöne Hände, schöne Haare.
Ganz Frauenanmut. – Und für wen gebaut?
Und für wie viele Jahre?

Aus Worten, Augen streichelt mich ein Geist,
Der mir gefällt und heimlich schön verspricht.
Für mich so schön, vielleicht für andre nicht. –
Was nützt es mir, da es vorrüberreist.

Und nützt mir doch, kann meine Phantasie
Versagtes in Konvexes übertragen. –

Die Wolke, die dich labt, du fängst sie nie;
Sie hört dich nicht, und du kannst ihr nichts sagen.

Herbst in der Bodega

Mich kitzelt was – nichts Weibliches –
Im linken Nasenloche.
Ich habe ein unbeschreibliches
Wundsehnen seit einer Woche.

Ich möchte in feuchter Buntblätternatur
Gerührt sein und Trauerndes dichten.
Ich grüble. Doch was mir einfällt, sind nur
Ganz spaßhafte, dumme Geschichten.

Mein Sinn ist mild, und mein Herz ist naß.
Ich suche ein träumendes Märchen.
Doch der Kellner lacht, und mich kitzelt etwas
In der Nase. Wahrscheinlich ein Härchen.

Kein Weh ergreift mich. Jetzt muß ich sogar
Noch über mich selber lachen. –
Schluß Herz! Jetzt will ich das kleine Haar
Mit dem Finger unschädlich machen.

Psst!

Träume deine Träume in Ruh.

Wenn du niemandem mehr traust,
Schließe die Türen zu,
Auch deine Fenster,
Damit du nichts mehr schaust.

Sei still in deiner Stille,
Wie wenn dich niemand sieht.
Auch was dann geschieht,
Ist nicht dein Wille.

Und im dunkelsten Schatten
Lies das Buch ohne Wort.

Was wir haben, was wir hatten,
Was wir – –
Eines Morgens ist alles fort.

Lustmord

Sie stänkerte. Dennoch habe ich sie –
Weil sie käuflich war – gekauft.
Und habe, vielleicht aus Ironie,
Sie »Mucker« getauft.

Ich riß ihr gierig mit rauher Hand
Die einzelnen Kleider herunter,
Zunächst ein leichtes Flittergewand,
Dann anderen, gröberen Plunder.

Und Rock und Röckchen nach Röckchen fiel
Herab. Ich riß und zerfetzte
Mit Wollust. Ich wollte – das war mein Ziel –
Das Nackte, das Wahre, das Letzte.

Doch immer, wenn ich das rosige Glück
Der Nacktheit zu schauen vermeinte,
Kam wieder noch irgend ein Kleidungsstück.
Ich wütete weiter, ich weinte.

Doch als ich sie völlig enthemdet
Hatte, blieb nichts, restlos nichts.

Und in dieses Nichts bohrt befremdet
Der Stachel meines Gedichts.

Jedoch erübrigt sich jede
Kritik, jeder Kommentar,
Weil die, von der ich hier rede,
Eine Zwiebel war.

Arbeitsloser Hofgesang

Wenn ich statt zwei vier Beine hätt,
Dann würde ich zwei zerhacken
Und würde sie mir backen.
Wer aber schenkt mir Schweinefett?!

Ich singe acht, neun Stunden lang,
Fast ohne jede Pause.
Wer nicht liebt Wein, Weib und Gesang –,
Der ist wohl nicht zu Hause.

Trotz Regen, Not und Sturmgebraus
Bleibt immer etwas hängen.
Ich schmeiß es raus. Man schmeißt mich raus

Wegen den Hofgesängen.

Sonntagsliebchen

Sag mir doch, daß heute Sonntag sein
Soll, Margarete. – Sag!
Margarete, mein schöner, dein
Freier, einzig freier Tag!

Schweige nicht! Weil Schweigen wie
Nein klingt. Und heute undankbar
Wäre. Margarete, die
Tage bis zum Sonntag sind ein Jahr.

Ist es nicht, als ob wir flögen,
Wenn wir uns nur frei die Hand geben. – –
Wieviel Sonntage, Margarete, mögen
Wir – du und ich – noch leben?!

Nahm mich mit in ihrem Auto

Pfirsich-rauh
War diese Frau – –

Sind wir so nach Jahren,
Schwatzend in Erinnerung,
Sie am Steuer, ich im Schwung,
Völlig falsch gefahren.

Autofahrt, die Fahrgeld spart,
Und mich doch – zu rasch – dorthin,
Wohin mußte, brachte –

Ob ich wohl ein Esel bin,
Weil ich zu dem Pfirsich-rauh
Weniger tat als dachte!?!

Gruß in den Spiegel hinter der Bar

Ich fragte gar nicht, wer es sei,
Der Herr bei dir, dein Mann.
Dein Spiegelbild ist vogelfrei,
Mit dem ich – auch frei – allerlei
Anfangen kann.

Was »Mann und gentleman« betrifft:
's gibt solche und 's gibt solche.
Ich zähle zu die Strolche. –

Man spritze an den Spiegel Gift!
Man stoße mit dem Dolche
Hinein! – Wenn Glas und Witz zerbricht,
Mich trifft das nicht.

Ich liebe dein gespiegeltes Gesicht.

Die Schloßfrau

»Wie sieht die Schloßfrau aus? Wie denkst du sie?«
So fragtest du und hattest schon im Fragen
Sie deutlicher erträumt, als wie
Ich malen könnte oder sagen.

Wo ist das Schloß, das zu der Frau,
Die Frau, die zu dem Schloß gehört??

Es ziehen Träume aus verstört
Ins märchenferne Wunderblau.
Und finden nichts im irren Rund. – –
Die Sohle rauh, die Seele wund.

Derweilen bügelt stumm und klein
Vielleicht jemand dein Taschentuch.
Und diese Jemand, die kein Buch
Je nennen mag, sie könnte dein,
Vielleicht auch deine Schloßfrau sein.

Nächtlich lange Dampfbahnfahrt

Kleine Schlafwagenküche,
Darin ich dann saß
Und die Hitze und die Gerüche
Und ein Drittel der Bahnfahrt vergaß.

Vom Steward mit Namen angesprochen
Erfuhr ich so ungefähr,
Daß dieser Steward mit mir vor Wochen
Nach Danzig gefahren wär.

Die Räder, die einen zermalmen,
Tragen den anderen glücklich fort. – –
In des Schornsteins dramatischem Qualmen
Las ich ein sinnlos lockendes Wort.

Wort konnte nichts erzählen,
Schien sich, wie ich, zu quälen
Und schwand dann doch – so frei wie ich nie bin –
Sinnvoll davon, irgendwo wohin.

Erkenne deinen Lohn

Keine Epoche
Geht wie ein Ei entzwei.

Aber ein Leben – –?!

Vielleicht gehn mit dieser Woche
Dir dreißig Jahre vorbei,
Sind dir nur noch Minuten gegeben. – –?!

Alles Zukunfterraten
Ist wie gemalter Braten.

Trinke deine Tasse.
Gib von dem, was dir niemand nimmt.
Daß deine kleine Kasse

Bei plötzlicher Endrevision
Möglichst stimmt.
Erkenne deinen Lohn.

So ist es uns ergangen

So ist es uns ergangen.
Vergiß es nicht in beßrer Zeit! –
Aber Vöglein singen und sangen,
Und dein Herz sei endlos weit.

Vergiß es nicht! Nur damit du lernst
Zu dem seltsamen Rätsel »Geschick«. –
Warum wird, je weiter du dich entfernst,
Desto größer der Blick?

Der Tod geht stolz spazieren.
Doch Sterben ist nur Zeitverlust. –
Dir hängt ein Herz in deiner Brust,
Das darfst du nie verlieren.

Kopf hoch, mein Freund!

Laß sie nur die Köpfe hängen lassen,
Wenn die Köpfe ihre eignen sind.
Wir, wir wollen unsre Segel brassen
In den Wind.

Wir, in unserm Alter, wollen wissen,
Daß der Weg nun wieder rückwärts führt. –
Glücklich, wer den freien Drang noch spürt,
Das Getrunkne über Bord zu pissen.

Wenn die Wetter lange düster grollen,
Glücklich, wer dann trotzig lächeln kann,
Ohne Herr der Woge sein zu wollen;
Sondern nur »auf See ein Fahrensmann«.

Wort auf den Weg

Weil die Lügengewebe,
Die dich umgeben,
Um dich sind, niemals über dir,
Gehe geradewegs dein Leben.
Aber wolkenwärts hebe
Dein Sinnen sich – –
Baldmal sterben wir.

Großer Vogel

Die Nachtigall ward eingefangen,
Sang nimmer zwischen Käfigstangen.
Man drohte, kitzelte und lockte.
Gall sang nicht. Bis man die Verstockte
In tiefsten Keller ohne Licht
Einsperrte. – Unbelauscht, allein
Dort, ohne Angst vor Widerhall,
Sang sie
Nicht – –,
Starb ganz klein
Als Nachtigall.

Flucht

Du segelst allein. Es soll niemand dabei sein.
Doch tausende Fischlein begleiten dein Boot ein Stück
Des Weges. Aber du willst ganz frei sein,
Schaust weder nach rechts noch nach links noch zurück.

Nur fort! Nur weiter! Du willst das Vergangene
Vergessen. Fort! Du glaubst an den rechten
Gradaus fliehenden Weg ins Glück.

Hinter dir, hinter Glas und Draht und Eisengeflechten
Blicken dir lange nach: Gefangene.
Du glaubst deiner Richtung. – Mit Hilfe des Windes,
Der Strömung segelst du weiter und reist
Und reist und reist. Und die Sehnsucht des Kindes
Erkennt sich allmählich, altert, vergreist.

Nun und? – Aber die Wellen umspielen
Dein Boot. Es folgen dir Himmel und Licht.
Fremde Ziele passierst du. Von deinen Zielen
Das schönste, das einzige – kommt nicht in Sicht.

Hering in der Nordsee? Papagei
In Aschaffenburg? – – Wer ist ganz frei?

[8] Joachim Ringelnatz: Flucht, Ölgemälde, 1933 – Original seit 1945 verschollen

Wir sind, sagen die Lauen,

Wir sind nicht objektiv.
Wir sollten doch tiefer schauen,
Doch schauen, ob nicht tief
Am Nazitum was dran sei,
Ob Hitler nicht doch ein Mann sei.

Wir haben alles erwogen,
Wir wußten alles zuvor,
Mal hat man uns nicht betrogen,
Man machte uns nicht vor,
Daß rechts links und gerade schief sei
Und daß alles relativ sei.

Unrelative Lumpen hausen bei uns zu Haus,
Und hauen das Land in Klumpen.
Ist relativ der Graus?
Da sollen wir objektiv sein,
Wir sollen so naiv sein!

Wir kennen die einfache Wahrheit,
Wir sehn durch ein scharfes Glas.
Und unsere Lehre ist Klarheit,
Und unsere Klarheit ist Haß.
Der Haß, der groß und weitsichtig ist,
Der schaffende Haß, der richtig ist.

Luft!

Wär ich noch zehn Jahre jünger,
Schriebe ich enthusiasmiert
Über künstlichen und echten Dünger,
Als Reklame für wen, der das fabriziert.

Aber ich habe es aufgegeben
Zu streiten, wo ihr alles wißt.
Auch daß ein großer Faktor des Lebens
Mist ist. Ja ja: Mist! Mist!

Aber – zuweilen aber – wie heute –
Packt es mich wieder, laut ganz laut
Es zu schreien unter die Leute,
Was ihr, die ich ehrlich heiße,
Mit oder ohne Humor verdaut,
Das, womit ich die anderen beiße:
Das gute treue Wort »Scheiße«.

An M.

Der du meine Wege mit mir gehst,
Jede Laune meiner Wimper spürst,
Meine Schlechtigkeiten duldest und verstehst – –
Weißt du wohl, wie heiß du oft mich rührst?

Wenn ich tot bin, darfst du gar nicht trauern.
Meine Liebe wird mich überdauern
Und in fremden Kleidern dir begegnen
Und dich segnen.

Lebe, lache gut!
Mache deine Sache gut!

Prosa

...liner Roma...

Mit zehn Bildern von ihm selbst

Dem Maler Karl Huegin in Zürich

1.

– erfolgreichen Razzia vier Spielhöllen auszuheben und in der Motzstraße 296 die Eheleute Krusis zu verhaften, die dort gegen Eintrittsgeld eine Nacktvorstellung gaben.

Sie waren beide heißen Blutes trunken, auch von einem ausgesuchten Wein und von ungewöhnlichen Worten berauscht. Er rief sie Wiga, ohne ihren Nachnamen zu kennen. Aber spät morgens, als der Schlaf sie doch übermannte, betrachtete Gustav lange und nahe die Falten in Wigas Gesicht und das Tal zwischen ihren Brüsten und stand behutsam auf, um nackt und glücklich durch das Zimmer zu wandern. Er liebte den geheimnisvollen Modergeruch, der aus Gasthofkommoden strömt. Er las sieben Haarnadeln auf, die sich zwischen die Sofapolster verkriechen wollten. Und Wiga war wieder erwacht, denn sie sagte: »Wenn wir jetzt stürben, dann würde kein Mensch uns hier suchen.« Hierauf stieg auch sie aus dem Bett, hoch und schlank, und stellte sich hinter Gustaven und lugte mit ihm zum Fenster hinaus auf den Kleinstadtmarkt, der für andere Leute unansehnlich, nun überdies vom Regen verdüstert war. Und eine fast vergessene Stadt in weiter Ferne hieß Berlin.

2.

In einem Abteil der Ringbahn fand man eine angebohrte Zinnbüchse, die, wie festgestellt wurde, die Überreste des im April eingeäscherten Rennfahrers Zierbold enthielt und vermutlich von einem enttäuschten Dieb –

»Eintreffe 2 Uhr nachts Lehrter Bahnhof, Henkelchen.« Selbstverständlich holen wir sie ab. Du, Gustav wirst ihre Koffer tragen. Solche Provinzler fallen immer Kerlen in die Hände. »Was für Kerle?« Alberne Frage! Schwindlern! Kerle, die das Gepäck abnehmen und damit verschwinden. Oder die Fremden in ein nahes anständiges Hotel bringen wollen und sie dann per Auto meilenweit in eine Kaschemme verschleppen, wo der Schofför mit unter einer Decke spielt und ihnen noch 50 Mark abknöpft, ehe sie im Schlafe ausgeraubt und erwürgt werden. Man liest es doch täglich. Die Leute an der Haltestelle messen einander mit kalt kalkulierenden Blicken, wie internationale Ringkämpfer am Start. Und wartend präparieren sie Tricks, die man noch soeben durchgehen läßt. Warten vergiftet. Eine rumpelnde Bahn nach der andern wächst heran, schrumpft davon, die 46, 107, nochmals die 107, zum Donnerwetter! dreimal hintereinander die 107. Dann die richtige. Spitz strömt das Häuflein Nervöser in das Perrontor, wie Wasser in eine Gosse, siebt sich durch die Aussteigenden hinein, klemmt sich, preßt. Frau Purmann, von würdelosen Paketen umpuffert, rudert im dicksten Strudel mit Gesten einer Ertrinkenden, aber genau betrachtet: offensiv. Sie schimpft: Anfangs weinerlich, weil unbestimmt, allgemein über Empörendes, Unerhörtes, dann aber superior scharf über eine ungesicherte Hutnadel. Schimpft jedoch nur halblaut, denn Gustav, hinter ihr, wäre imstande zu kichern. Der Schaffner flucht rückwärts. Zurückbleibende knurren oder bellen dem überfüllten Wagen nach. Sozialistisch, wilhelminisch, anarchistisch. Daß er seiner grauhaarigen Gönnerin den Arm beim Aussteigen bietet, daß er den Hauptteil des sehnendehnenden kompromittierenden Gepäckes schleppt, versteht sich. Aber seine Grimasse faltet sich zunehmend ärgerlich, gleich einem Wurstzipfel. Und er keucht ihr hinterdrein durchs Gedränge, wie in einer Polonäse um Säulen herum. Schall und Rauch! Die alles zermalmenwollenden Autos tuten ohrenbetäubend und verpuffen ranzigen Buttergestank. Dabei haben die Schofföre rote, rüde, vergnügte Gesichter! – Frivol, unangreifbar, schadenfroh springt der Straßenschlamm ohne Unterschied alle Beine an. – Daß um diese Stunde vor der Passage ein Spalier von Zeitungsweibern betet: Abendzeitung, Ambdeitun ... Maria ..., benedeit ... Amd ... eit ..., so was entgeht Elfchen.

Sie rennt vorwärts, streckenweise in einer Art hinkenden Galopps, nicht mehr Dame, kaum noch Mensch; schneidet eine Diagonale durch die Kurse der Fahrzeuge und Fußgänger, durch witzige Zänkereien, wunde Melodien, groteske Ansprachen von Händlern und Bettlern. Kopfschüttelnd, andauernd wiederholt: »Nur 5 Gramm Kartoffeln und ich wäre glücklich!« – Alle Bettler heucheln. Aber einem davon schenkt Elfchen eine geborstene Zigarre von Heinz. – Wer nur arbeiten wollte, Arbeit ist genug da. Das Wort ist unter friedfertigen Bürgern aktuell; es beruhigt das Gewissen und legitimiert auskömmlich eine politische Tendenz. Nur Nörgler oder Idealisten suchen mehr aus dem Satz herauszusophoristorieren. – Trunkenbolde rempeln an, Matrosen stechen freche Blicke in fremde Blusenausschnitte. Gemeine Bollemädchen beschimpfen sich ordinär vor einem Aschinger. – O, daß Elfchen einen langen Schwanz und an dessen Quaste ein drittes Auge hätte, um sich aus Distanz selber beobachten zu können, wie sie so blind brutal und häßlich dahinwütet. So kraxelten die Maikäfer durch meine Bleisoldaten. – Schauläden rufen an. Hier Hummer, Langusten, Ananas, Gänsebrüste, Blumenkohl, Trauben, indische Vasen mit Ingwer und große französische Birnen. So gefällig aneinandergehäuft, daß sattgespeiste Künstler es dankbar anstaunen, es aufsuchen wie eine Sezession. – Elfchens böse Blicke versengen sich an den Wucherpreisen. – Pompöse Blumenarrangements locken Ohs und Ahs heraus. Aber sie sind lange nicht so geschmackvoll wie in Bayern. – Man weiß, wie sparsam Elfchen einkauft. Sie ersteht ein Paar Schnürsenkel für eine Mark und spottbillige Schuhwichse und viele lieblichgelbe Keks für wenig schmutziges Papiergeld. Die Keks für Henkelchen. Man wird gemütlich einig schwatzen, ohne auf Widerspruch zu stoßen. Über Augsburg; wie ganz anders, unvergleichlich besser man in Augsburg lebte. – Vor geschminkten, auffallend behängten Frauenzimmern lacht Elfchen herausfordernd laut.

Gustav trägt einen der unzähligen revolutionären Teufel in sich, der immer heraus will, um im Wahne einer objektiven Gerechtigkeit zu protestieren, manifestieren, opponieren. Jetzt etwa zu rufen: Alle Straßenmädchen sind zunächst nett! Gustav gibt sich Mühe, den Teufel zurückzuhalten. Aber es verstimmt, wenn man unterdrückt, was heraus will. – Zu Hause wird Elfchen entdecken, daß die Wichse nichts taugt, daß die Schuhbänder wie Zwirn reißen. Das anspruchslose, rührende Henkelchen aber wird die Keks dankbar loben. Und zu Weihnachten wird Elfchen einem Kutscher Wichse und Schnürsenkel bescheren. Schenken und Geschenke nehmen, das ist eine Kunst, die ... still, Teufel! – Alles ist Lug und Trug in Berlin. Zwischen »Hauptgewinn« und »50000 Mark« übersieht sich das winzig gedruckte Wort »im Werte von«. Und die Wagschalen beim Kaufmann verstecken sich hinter Kisten, und die Wurst macht sich mit Wasser und der Kaffee macht sich mit Nägeln gewichtig. – Nächsten Sonntag darf Gustav bei Purmanns Gänsebraten speisen. – Gerade, als er sich verabschieden will, am Haustor, wo steht »Nur für Herrschaften«, biegt Herr Binding um die Ecke. Einem Phrasenwechsel ist nicht mehr auszuweichen, Herr Binding wettert über eine unkomplizierte Neuigkeit, Gustav gerät wie immer vor ihm in dürftige Verlegenheit. Herrn Bindings nachweisbares Ebenmaß ist mit Purmanns Gold so elegant gerahmt. Und wo der Schöne schon zu erkannt ist, um noch durch weisheitsdunkle Schweigsamkeit oder gesetzte Haltung zu imponieren, da behauptet er sich schmeichelnd oder taktlos unverschämt. – Gustavens Wirtin, Frau Grätke, schimpft vor ihrem Gemüsekeller unflätig über die Hunde, die einen Rübenkorb zur Nachrichtenvermittlung benutzen. Die Hökerin geht nie aus, ist schneckenartig mit dem Hause Nr. 70 verwachsen. Aber durch Fenster, Zeitungen und Ladenklatsch fluten ihr die Lokal- und Weltereignisse vorüber. Für Frau Grätke ist Schimpfen etwas wie Schnupftabak. Andere schimpfen aus andern Gründen; manche, weil sie die Großstadt nicht vertragen oder nicht begreifen.

3.

Perserteppiche, alte Gebisse, Gold, Brillanten, Pfandscheine, Korken, Armeepistolen kauft oder tauscht gegen Lebensmittel – Isidor Rosenmilk, Spittelmarkt.

Das beschämende Trinkgeldwesen ist abgeschafft, dafür der obligatorische Aufschlag eingeführt. Aber vor Leuten, was sage ich, vor Baronen, wie Kehlbaum schwänzeln die Kellner devoter denn je. Denn der pocht eisern jeden Samstag auf das Trinkgeldgeben wie auf seinen Stammsessel vis-à-vis dem »Für Damen« und auf Fürstenberg-Auslese. – Herr Blasewitz (Glatze, bauchglattglänzend) fragt Kehlbaums mitgebrachten Gast jovial: »Na, Herr Deeters, wie gefällt Ihnen Berlin?« Wenn man den Kopf wegläßt, sitzt Blasewitz da wie Napoleon nach der Schlacht bei Leipzig. Der Livländer erwidert nur mit einem glücklichen Lächeln und einer Geste, etwa: ach, klapp den Deckel drauf! Aber Kehlbaum schildert Deeters Debut und die Botschaftersgattin, die der Balte am ersten Tage im Café kennenlernte und die ihn in eine elegante und vergnügte Sozietät einführte. Daraus er tausend Jahre später blutig und mit verschwommenen Reminiszenzen, aber ohne Brieftasche erwachte. Kehlbaum nützt die Gelegenheit, von eignen ersten Eindrücken zu berichten, von dem Denkmal am Schloß, das aussieht wie ein Bombenattentat, und wo hungrige Bestien über Bodengerümpel schreiten. Kehlbaum erzählt langsam, steif, zwischen schmollenden Lippen heraus. Wie er neben den adretten Noskitos, Noske-Soldaten, durch die Siegesallee marschierte, und wie sie und er so furchtbar erschraken über den gigantischen hölzernen Nußknacker Hindenburg. Und konnte sich dann gar nicht trennen von der Säule mit dem goldenen Engel im Unterrock. In Kehlbaums betriebsamem Stammlokal, in dieser Räucherkammer, gibt es außer Deeters keine Zuhörer. Der anständige expressionistische Maler Knauer verteidigt holprig seine unangegriffene Zukunft im Prinzip. Gustav atmet im Sinne einer nur halbseitigen politischen Polemik. Blasewitz redet jovial auf Edith ein, über schwach gesalzenen Kaviar, französische Küsse und Poularden von Le Lans. Edith raucht seine Ägypten, aber antwortet nicht, und niemand außer ihm spricht mit ihr.

Aber wäre Edith nicht zugegen, jedermann würde das ansehnliche, treuherzige und trinkfeste Mädchen vermissen. »Wo steckt heute Noktavian?« – In der Lüderitzbucht; er knüpft Beziehungen an. – In den Strom Fürstenberg-auslese münden Bäche erklügelter Schnapsmischungen. »Was soll werden, wenn die Quelle Fürstenberg einmal versiegt?« Vielleicht kommt es mit dem Staatsbankrott. – Jedermann, auch Noktavian, der bei Aufbruch erst eintrifft, will die Zeche bezahlen; Gustav, weil er weiß, daß letzten Endes doch Kehlbaum oder Blasewitz das erledigen werden; Deeters, den armen Kunstmaler, hat sein Stipendium aus Kopenhagen mit dänischem Gelde herübergeschickt, und die Valuta machte ihn auf dem Grenzfaden zum reichen Manne. – Man torkelt weiter, im Berliner Größenwahn neigen sich verschrobene Stirnen, grüßen Hüte, die einmal in München (oder war es in Paris?) ebenso flüchtig und geheimniseinig zuwinkten. Man gerät nach Polizeistunde in verbotene Bars, die nur eingeweihten Gentlemännern sich nach Geheimsignal auftun, und wo tanzende Nacktissen, siedende Musik einem unvermerkt teuren schlechten Sekt einflößen. Denn das geknechtete Berlin schlemmt und tanzt, wie man in Paris tanzte vor dem Geköpftwerden. Die Bürger schmunzeln sich morgens über Pulte hinweg zu: »Die Mark ist wieder gesunken; wir treiben rapid dem Abgrund zu! Schönes Wetter!« – Wie begeistert weiß Deeters Berlin zu rühmen. Manchmal versagen ihm plötzlich die Worte. Aber dann, viel anschaulicher vollendet er den Satz durch eine gewisse gewinnende Handbewegung, annähernd so, als striche er fein sanft ein Stäubchen vom Tisch. – Fürstenberg-Auslese mündet in ein tosendes Meer. Deeters und Gustav fanden sich, küßten sich, reden sich fortan mit Du an. – Noktavian ist nüchtern zu einer sicherlich vorgenommenen Zeit entwichen. Vermutlich wird er noch mit Lupe, Riesenbrille und Fingerspitze auf der Landkarte nach Spanien reisen oder lesend einen Schiffsjungen nach Britisch-Honduras begleiten – »Knauer, streiten wir nicht! Du baust dein Leben in Überzeugungen, ich das meinige in Zweifeln auf.« – Aber Knauer fällt vom Omnibus. Deeters und Gustav springen ab, vergessen Knauern, fallen umschlungen immer wieder in Schneehaufen und schwärmen, sich wieder aufrichtend, umschlungen weiter von 1001 Nächten der Tauentzienstraße. Der baltische Hüne packt vorübergehende Männer am Arm und fragt seinen neuen Freund: »Gustav Gastein, soll ich den (oder die) für dich verprügeln?« Nein, danke, laß den harmlosen Sol-

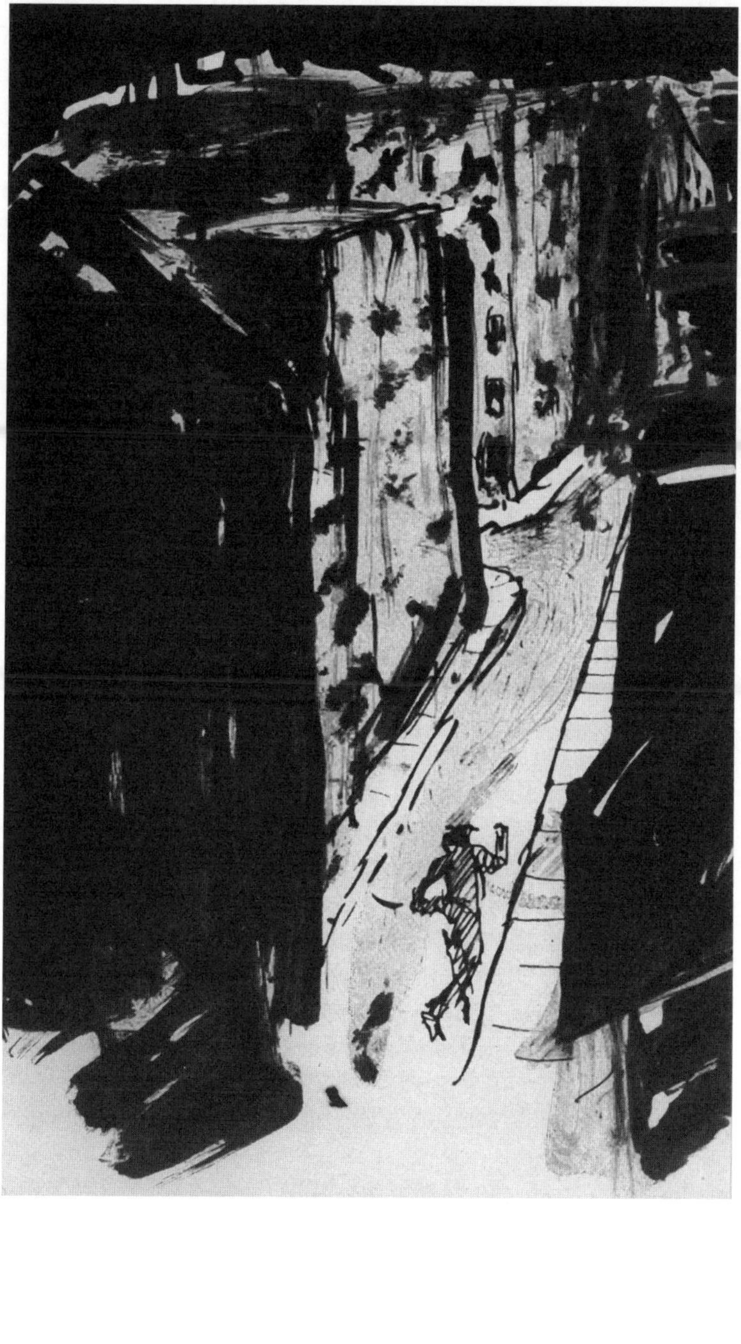

daten, er hat uns doch nichts getan. Aber Deeters schüttelt erst nochmals sein Opfer. »Du?! Wenn Du ein Wort gegen meinen Freund Gastein sagst, dann –« Weit zurück folgt steif, mit langsamen Schritten, nörgelnd, Kehlbaum. Seitdem ihm zweimal ein silbernes Etui aus der linken Manteltasche gestohlen wurde, trägt er in der gleichen Tasche neben dem dritten Etui eine gespannte Rattenfalle. Überhaupt ist er etwas mißtrauisch. Er hat aber das andere Mißtrauen, das der freigebigen, zu oft ausgenützten Menschen, nicht das der berechnenden Geizhälse.

4.

– kürzlich vermeldete Attentat Unter den Linden mit bolschewistischen Umtrieben im Zusammenhang –

»Ich schenke sie dir!« Hat er in Deeters Ohr geflüstert, als er die keck überrumpelte Nuscha vom Nebentisch heranschleppte. Frech für andere, so wurde ihm schon mancher Erfolg. – Einfach fragen sie das Mädchen aus. Tippmamsell in einer Firma für Wohnungseinrichtungen. Der Chef hat sie aus Ostpreußen hergelockt, ihr den wohlbezahlten Posten verschafft, hat das staunende Kind zunächst einmal städtisch eingepellt: Eine Modegarnitur für zwei Mille. Nun trägt die Eigensinnige zu dem täglichen bordeauxseidenen Kleide doch hartnäckig ihre alte schmutzwollige – meinetwegen kleidsame – Dorfmütze. Dr. Mulatti will sie doch später heiraten, soll sie heiraten. Denn er ist ihren Eltern befreundet, sendet wöchentlich Berichte nach dem Bauerngut, und die Antwort ist immer Butter und Speck. – Nuscha ahnt nicht, wieviel sie einmal von den Eltern mitkriegt, und die Eltern ahnen wohl nicht, welchen Reichtum ihre Siebzehnjährige besitzt. – Nuscha, wir sind nur simple arme Künstler, besonders ich, (Gustav spricht leiser) mein Freund wird einmal ein berühmter Maler. O, er ist ein lieber urgoldiger Kerl, (wieder laut) hohe, reichere Kavaliere werden sich an dich heranpirschen; gib reiflich acht, ob du nicht manches Gute, auch manches Bessere bei uns findest. – Nuscha füllt ihre Bureaustellung aus. Sie verabscheut ihren Chef, den Mulatten. Ihr gefällt Berlin. – Nach Geschäftsschluß speist sie zwischen Gustav und Deeters Gulasch zu vier Mark. Dort gibt es sogar noch weiße friedensmehlerne Schrippen, trotz Polizeiverbot. – Der Stacheldraht und die Polizeivorschriften wuchern derzeit. Aber Gewohnheit schwimmt wie ein Fischlein zwischen Korallen, und die Exekutive ist Knetgummi in goldenen Fingern. – Nusch, warum ließest du damals, ehe ich dir Zeichen gab, den älteren soliden Herrn abblitzen, der sich zu dir setzte? – Nuscha kaut mit schamlosem Appetit. »Weil er mir Geld anbot!« Bald unterläßt es Gustav, seinen Freund noch unauffällig herauszustreichen. Sie liebt ihn schon, den starken, trotzäugigen Balten, der so zart, fast ehrfürchtig über Frauen denkt, liebt ihn mit all seinen Ungeschicklichkeiten und seinem ungekämmten Haar. Vielleicht sogar fühlte sie längst heraus, daß er eigentlich in der Fremde treu verheiratet ist. – Deeters und Gustav äugeln sich zu: »Welch ein Mädchen! Welch ein seltener Fang!« – Still, weder langweilig noch gelangweilt, lauscht sie, wenn die beiden eine Stunde lang mit wenig Worten oder ohne Worte reden. Über die deutscheste Stadt: Russisch-Riga. Oder über das schmarotzende Straßenvolk in dem schmählich weltverhaßten Berlin. – Sie legen verkrüppelte Beine über das Trottoir, und die Luft trägt ihre Gesänge wie lampiongeschmückte Ruderbarken dahin. Sie fiedeln, leiern oder würgen die Ziehharmonika; singen schöngeistig oder kläglich oder idiotisch. Jeder auf seine Art, eingestimmt, die kriegsverhärteten Herzen zu schmelzen. Und singen sie von der Festung Köln am Rhein, dann fallen ihre Geschwister summend mit ein, die Ohr verbrühenden Zeitungsschreier, die halbwüchsigen Schokoladeverkäufer, Seife, Zigaretten, die Streichholzkinder, die weißglutigen, schlangenhaft bannenden Dirnen. Alles, was an der Ecke und unterm Tunnel herumlauert. – Gustav erfindet allerhand Blödsinn. Wenn Nuscha lacht, macht sie erst den Mund ganz weit auf, wie ein Karpfen, dann, zwei Sekunden lang, überlegt und begreift sie das Spaßige, und dann folgt ein schmetterndes Silberlachen. – Das bordeauxfarbene Faltenspiel, die Strümpfe ... bitte Nuscha, steig mal auf den Stuhl. – Sie gibt Gustaven einen Stüber: »Nein, du willst nur meine Beine sehen.« Warum auch nicht. Er weist durchs Fenster. Guck dir einmal die Straße auf Beine an. So wunderbar zeigt sich die Welt den Hunden. Nimm es lustig oder geil oder lärmend: Jede Teilbetrachtung überrascht und belehrt. Die Wissenschaft und die Statistik bedienen sich ihrer. Auch die Propaganda. Dann lassen die großen Geschäftshäuser abends ihre Schwärme von Briefen los, die beispielsweise alle nur zu den verstreuten Berliner Rechtsanwälten hinfliegen. So läßt sich eine bunte Wiese nur auf rote Nelken hin betrachten; so magst du auf einer Perlstickerei nur blau bemerken. –

Ungefragt wird Nuscha nie aus ihrem eignen Leben berichten. Etwa von ihrem Geschäft, wo doch die Kauflust parallel und verträglich mit der Preissteigerung ins Unermeßliche wächst. Denn die Leute hasten danach, ihr Geld in Möbeln, Brillanten, Autographen oder im Bauch vor Besteuerung und Wegnahme zu schützen. Deeters weiß keine bloßen Höflichkeiten zu sagen. Doch innig beachtet er die Kühle an Nuschas Haut und Wesen und

das Erwachen in ihr, Raffinement,Raueninstinkt, Kampf. – Gustav führt seine Freunde zu einer Entdeckung. Am Zoo ist eine Stelle. Da fährt die dunkelqualmende Stadtbahn über den menschensaugenden Viadukt. Fährt mitten in ein fünfstöckiges Mietshaus hinein, hindurch und an einer düsteren fensterlosen Häuserwand entlang, die riesig und seltsam gegen den Himmel absticht, der eigentlich zwielichtgrau und von sturmflüchtigen Regenwolken bedeckt sein muß. Damit das Bild heiße: »Großstadtelend!« – Unter dem Viadukt geigt jemand auf einer Metallsaite, die sich über Besenstiel und Zigarrenkiste spannt. Es tönt wie Cello. Er spielt und singt: »Das Band zerrissen und du bist frei ...« Kehlbaum soll einmal nach dem Liede geschossen haben. – Deeters und Nuscha Arm in Arm, Gustav umschwatzt sie. Denn das Gefühl für solche warme Dreisamkeit beherrscht ihn wie ein Rausch. Aber minutenlang vergißt er sie doch. Weil ein schmaler weißer Spitzenstreif unter nachtschwarzem Sammet hervorschimmert und wirkt auf Gustavens Blut wie Mondschein auf Ebbe und Flut. – Gustav, Nuscha, Deeters. Es fällt ihnen gar nicht ein, über das Gedränge in der Friedrichstraße zu schelten oder der trotzigen Schieberbarone zu spotten, und sie umgehen in heiterem Bogen zwei hitzig verhandelnde Juden, die den Weg versperren. Unterschiedliche Eindrücke aus dem von Zufall, Ort und Stunde gefärbten Menschengewoge bleiben an den drei Wanderern hängen. Es scheint, als ob der Siebzehnjährigen nichts entginge, obwohl sie niemals Erstaunen äußert. Später in der Hochbahn spricht Deeters eine Beobachtung aus, ungelenk, mit kargen Worten. Die strengen, düster zurückhaltenden Blicke der Deutschen fielen ihm auf. Er sagt: Es ist doch unbegreiflich schauerlich, daß all die Menschen soviel entbehren müssen, was anderwärts ... Hör mal Deeters, wenn du heute abend mit Nuscha zu den Boxern gehst, dann bleibe ich lieber zu Hause. Ich muß Briefe beantworten, eine Frau von Sidow bietet mir eine Aupairstellung auf dem Lande an. Ich müßte im Garten mit zugreifen und ... Deeters winkt heftig ab. Du kommst auf jeden Fall mit uns.

5.

Cabaret »Rosiger Kürbis«, Fasanenstraße, Treffpunkt der eleganten Lebewelt, Austern, Sekt, erstklassige Weine, tadellose Bedienung, diskrete Musik, hochkünstlerische Darbietungen: Bia Tartuffe (Gazetänze), Fedora Sill (Lieder einer Verseuchten), Bläschens Revoluzzerhüpfl (urkomisch).

Selbst überfleißige Vorgesetzte dürfen von Untergebenen keinen Überfleiß verlangen. Und mürrisches Wesen läßt sich durch Arbeitsüberfülle erklären, aber nicht entschuldigen. Doch wie sollten Leute das einsehen, die nach der alltäglichen Arbeit ohne Buch und ohne ungelöste Frage schlafen gehen. Leute, die keine herbe Freundschaft ertragen, also nur mit Lohndienern verkehren. – Der Frau Purmann laufen alle Dienstmädchen davon. Unzuverlässiges, anspruchsvolles, undankbares Pack. So hält Elfchen die große Wohnung und den komfortablen Haushalt eigenhändig in mustergültiger Ordnung, hantiert geschickt, nervös und emsig von früh bis spät herum. – Heinz Purmann, Immobilien und Hypotheken. Hochkonjunktur. Häuser werden jetzt unbesehen telephonisch gekauft und der Chef: »Mein armer Mann arbeitet sich zuschanden. Er ist so gut. Und er gönnt sich nicht ...« Nein, er gönnt sich nie die Zeit, um auch nur einmal nachzuprüfen: Was tust du? Wie? Wozu? Was tun andere? Ist der Vorteil des einen etwa der Nachteil des andern? Ließe sich das innere Gewissen vielleicht nach dem äußeren Erfolg bemessen? – Es stünde einem abhängigen Dichterling übel an, seine um 30 Jahre älteren Mäzene belehren oder tadeln zu wollen. – Als Elfchen Gustaven öffnet, prüft sie gleich seinen Anzug, bürstet seinen Rücken ab. Denn außer Henkelchen ist noch ein altes Frauchen zu Besuch erschienen. Gustav streicht sich vorm Spiegel die Haare glatt, was einem Versprechen gleicht, sich recht unkünstlerisch, recht solid und bescheiden zu geben. Welche Zeit! Dieses Berlin! Wo sind die alten Handwerker hin, die treuen Briefträger, die freundlichen Schaffner! Täglich Einbrüche, Mord und Totschlag! Keinem Herrn fällt es mehr ein, seinen Platz einer Dame zu überlassen. Und ein Gesindel treibt sich umher! Am schamlosesten treiben es die Weiber! Aber gar erst damals, als die Menschen gegen Menschen rasten und soviel Unschuldige getötet wurden, Elfchen hat während der ganzen grauenhaften Kämpfe stundenlang ganz verlassen allein in der großen einsamen unbewachten Wohnung gesessen und bei jedem Schuß gezittert und stundenlang geweint. Sie weint jetzt in Erinnerung dessen wieder. – Ach, Heinz ließ sich ja nicht vom Geschäft zurückhalten. Er hat kein Verständnis. Kann so lieblos sein, kümmert sich tagelang nicht um sie. Fragt nie: Hast du Kopfweh, Halsschmerzen, Leibschmerzen, Migräne, Fußleiden, Gelenkentzündung, Sehnenerweiterung, Gerstenkörner? – Und nun tröpfelt der Honig ... Kunsthonig ... hernieder, der Elfchens armseliges bitteres Leben versüßt, für den sie lebt. »Ach, liebstes Elfchen, das halten Ihre Nerven nicht aus. Sie müssen ein paar Wochen nach Tirol.« – – Ich kann ja nicht. Wer soll denn für Heinz sorgen? Er ist ja wie ein Kind und rackert sich ab wie ein Lastpferd. Und ist so dankbar. Freilich sehr verwöhnt ... – »Nein, wie Sie es nur möglich machen, Frau Elfchen!« »An alles denken Sie, trotz der Hüftschmerzen. Und immer rührend besorgt, andere zu erfreuen. Da mag Ihr Pflegebefohlener, Herr Gastein, sich wohl verwöhnen lassen!« – Herr Gastein erwacht bestätigend. Er hatte darüber nachgesonnen, ob sechs Liter dünnen Kaffees in drei Weiberbäuchen beim Gehen ein plätscherndes Geräusch erzeugen. – Die Danaergeschenke für die scheidenden Gäste stehen bereit. Selbstgebackenes und ein paar Kragen, die dem Heinz zu eng sind, aber für den Bräutigam von der Schwester von Henkelchens Obsthändlerin immerhin ... Elfchen holt vielgereiste Packpapiere hervor und zieht eine Schublade auf, darin tausend oftbewährte Schnürchen und Bindfäden unheilbare Darmverschlingung spielen. – Spät kehrt im Pelzmantel Herr Purmann stattlich heim, grüßt Gustaven königlich herzlich, läßt sich müde von Elfchen ein Bad herrichten und zwei Mitesser aus der Nase drücken, ißt wortkarg von der auserlesenen Abendmahlzeit und nickt wenig überzeugt, als Gustav anfängt zu berichten, was er für neue Schritte unternommen habe. Um endlich einmal eine feste Anstellung, irgendeine anständige, geregelte Tätigkeit zu erlangen, denn das Dichten mag ja nebenbei recht ... Elfchen legt ein großes Wort für Gustaven ein.

Herr Purmann entnimmt seiner blühenden Brieftasche eine königliche Kleinigkeit und ist so taktvoll, sein Gute Nacht möglichst heiter zu wünschen. Denn innerlich sinkt seine Achtung, sowie sein Mitleid aufsteigt. – Während er badet, traktiert Elfchen Gustaven mit Süßwein und Schokolade und kaut. Und schon lockert sich in Gustaven viel angesammelter verhärteter Groll. Und weil Gütiges Gustaven geschwätzig macht, fängt er an, kindlichen Unsinn zu reden, auf den sie lachend eingeht. Das ist ihm die aufrichtigste Manier, sich mit ihr zu unterhalten. – Wie aus Treibhausluft tritt er ins Freie – es übermannt ihn wieder tieftraurig, daß er diesen nächststehenden Menschen gegenüber seine reinsten Gedanken in graue Lügen kleiden muß. – Wie sonderbar: Die waren einmal jung. Wenn Frau Purmann ahnte, wie ihr heute der Kosename Elfchen steht.

6.

Zu dem Artikel »Menschenfleisch in Ziegenleberwurst« erfahren wir von zuständiger Seite – – –

»War es schön, Deeters? Habt Ihr das Hotel gefunden?« – »Ach wunderschön! Sehr schön! obwohl es zu nichts gekommen ist. Das brauchts ja auch gar nicht. Wahrhaftig ein eigenartiges Weib! Dann ist sie plötzlich ganz Kind. Und ich weiß nicht: vielleicht bin ich ihr nur ein Spielzeug.« – Pünktlich hinter einer Riesenbrille nahen sich Noktavian und Nuscha. Sie kehren von einer Weltreise zurück. Noktavian berichtet. Erst waren wir in Babylonien, Ägypten, Griechenland. Dann wandelten wir unter Palmen. Dann betätschelten wir das spiegelglatte nasse Zwergnilpferd. Dann schlichen wir ehrfürchtig auf den Zehen durch einen Lesesaal der Wissenschaft. Stärkten uns in China an Teegebäck. Guckten durch Bullaugen zum Nordpol herum den Pinguinen zu. Und nun ... – »Ja nun seid ihr am Strande des Potsdamer Platzes« – Genießen teure Schnäpse, das heißt: Noktavian darf seiner Zahnschmerzen wegen nur ein Stück Torte genießen. – Das Meer vor ihnen flutet und tutet, rattert und knattert. – Autoreifen, Bahnpuffer, Pferdenasen und Deichseln greifen ineinander wie Zahnräder. Eine uralte Dame bittet einen Schutzmann, sie nach dem andern Ufer zu geleiten. – Weißt du, Noktavian, diese Polizisten, das sind die Lotsen des Potsdamer Platzes. – Gustav weiß, daß seine maritimen Vergleiche dem Freunde Vergnügen bereiten. – »Ja, Gustav, du wirst doch ewig der alte Hochseematrose bleiben. So mag ich dich leiden. Und schau, Nuscha, diese alte Dame war eine von den Mumien, die wir vorhin nicht betasten durften. Gewiß hat irgend jemand sie gekitzelt; da wachte sie auf und entsprang.« – Nuscha öffnet den Mund ganz weit, karpfenartig, sinnt zwei Sekunden lang, und dann gellt ein silberhelles Lachen. – Wir reisen weiter. In diesem Erdteil wird ewig ein unerforschtes Inneres bleiben. Noktavian proponiert ein Programm. Gustav unterbricht ihn: Nuscha, willst du dich einmal im Durchschnitt als Fleisch, Sehnen und Knochen betrachten? Oder irgendwo nebenan Frau Hempel singen hören? Man kann in Berlin auch im Sommer Schlittschuh laufen, und es gibt ein Lokal, wo ein Hummer 1000 Mark kostet. Und es gibt Leute, die dort hingehen, bloß um anzuschauen, wie Parvenus solche Hummer essen. Oder willst du auf einem Rummelplatz als Weihnachtsengel mit zehn dankbaren Kindern schwindlig durch die Lüfte quietschen? Oder reizt es dich, die Wand anzustaunen, hinter der unser Präsident schläft? Deeters stammelt: »Lassen wir uns doch vom Zufall treiben! – Erst mal irgendwo ein ordentliches Mittagsbrot essen ...« – Ja, ordentlich essen, und wollen uns einmal vorsätzlich und bewußt ein wenig betrügen lassen. Noktavian verabschiedet sich; er hat noch mancherlei vor. – Was hat er denn noch Geheimnisvolles vor? – Vielleicht noch eine Reise nach Transnubien. Vielleicht will er dort Beziehungen anknüpfen. Er begeht nie eine Torheit. Er tut und sagt nur, was er zuvor exakt erwogen und gerichtet hat. Daß er sich von solcher Lebensweise Gewinn verspricht, das könnte das einzige Naive an ihm sein. Aber niemand versteht entzückender als er zu erzählen und Erzählungen zu lauschen. Alle neuen Frauen verlieben sich für einige Zeit in ihn. – Die Untergrundbahn reißt den Dreibund mit sich fort. Dächer unter ihnen, Keller über ihnen. Stelle dir vor, wie bei einer Entgleisung Hirn verspritzt. – Auf einem Umsteigeperron sehen sie sich das Miterlebte von außen an. Wie die eckige Gliederschlange herangleitet, stoppt, steht, Türen aufschlägt und wimmelnde Vielheit entlädt. So rieseln Korinthen aus gespaltenem Faß. – Gefällt uns das Meer, gefällt uns die Woge. Des wird man nicht müde: In die Massen zu staunen. Hätte es Nuscha vordem nicht verstanden, dort, derzeit mochte sie es lernen. Und nicht die tausend Menschen mit Auswüchsen und Einwüchsen füllen Berlin, sondern die Millionen, die durch alle Siebe fallen. – Sie wundert sich nicht, das rätselhafte Bauernkind. Sie nimmt auf, paßt sich unheimlich rasch an. Einmal stieg auch in Gustaven ein Mißtrauen auf. Sie wußte, was eine Nutte bedeutet. Wovon nahm sie diesen üblen Fachausdruck der Dirnen? – Stadt ist Fels. Würmer nagten Löcher und Gänge hinein. Aber an aufgerissenen Baustellen, an den Wunden der Stadt und in den Oasen der Straße, den Raseninseln, wo Wallwurz und Löwenzahn wuchern, dort offenbart es sich, daß unter dem Stein noch Erde, feuchte Erde dünstet. Kalt und starr blickt die Stadt einem vorbei. Aber liegt ein blutiger Leichnam quer über die Schienen oder bei eines Schaffners Witz über einen Lehrjungen, der mit einem roten Farbtopf hinpurzelt ... gelegentlich spürt man, daß unterm Asphalt das Herz der Großstadt schlägt. Leute, wie Heinz und Elfchen, zart besaitete, würden allerdings weitergehen: Ein Leichnam? Komm weiter! Ich kann so was nicht ansehen. – Sie schwimmen in der hilflosen Weite neuer Straßen, lassen sich von winkligen Felsspalten verschlingen, schauen über Geländer in Tiefen, steigen Stufen, schreiten unter Brücken durch, um Pfeiler und Streben herum. Die Wonne erfaßt sie, mit der Kinder im Wirrwarr eines Baugerüstes klettern. Jetzt Nuscha, werden wir uns noch wie Bücherwürmer durch ein für Kinder illustriertes Reallexikon winden, durchs Warenhaus. Du wirst noch alles haben wollen. Wir sind darüber hinweg. Abends wählen wir zwischen dem Theater in der Königgrätzer Straße und einem Kinofilm »Zur Dirne um ein Diadem«. – Nuscha kaut auf offener Straße Äpfel und schweigt. »Recht so, Nuscha: die alten Purmanns leben satt und bequem und haben, sieht man vom Gähnen ab, ihr Leben lang nie philosophiert.«

7.

– – Mordkommission stellte Raubmord fest und beschlagnahmte einen Regenschirm und einen Handkoffer, der modernstes Einbrecherwerkzeug enthielt. Eine Belohnung von 10000 Mark ist – –

Frau Grätke hat eben sein Bett geglättet, das genau ein Viertel des Zimmers einnimmt, da bricht Besuch herein. Gussi Feridell, Rostock, Warnemünde, einst tägliche, jetzt auswärtige Freundin, eine Kunstgewerblerin, die nicht mehr leidet, seit ihre drolligen Kaffeewärmer reißenden Absatz finden. Sie stellt ihre Berliner Freundin vor, ein Fräulein Anna von Camphusen. Auf der Durchreise begriffen, wird Gussi fünf Tage bei Camphusens wohnen. – Wollen gnädiges Fräulein bitte dort auf den weichen Stuhl ... Der weiche Stuhl ist Herrn Gasteins Salon. Gussi erhält den hölzernen, dreiachtelbeinigen, und Gustav selbst will auf dem Bibliotheks- und Speisesaal, nämlich einer großen Palminkiste Platz nehmen. Aber es gelingt nicht. Erst müssen die Damen noch für eine Minute das Zimmer verlassen, damit er den Tisch umdrehen kann. – Feridell spricht noch wie die Luftbläschen in dem Aquarium am Zoo. Wie es ihm ginge? ... Gut? ... Na, na! ... Ob er fleißig schaffe ... Sie hat mit Anna Einkäufe besorgt ... Berlin ist gar nicht wiederzuerkennen ... Um 12 Uhr wird Mutter Camphusen beide mit eigener Equipage abholen. Auch Gustav soll mitfahren. Er ist zu Tisch zu Fabrikbesitzers geladen. – Ob er noch immer keine Frau gefunden habe. – Er scherzt verlegen. Das schmutzige Handtuch und zwei Aktstudien von Pfenninger lasten auf seinem Gemüt. Und nun bedenkt er noch die selbstgewaschenen Halsbinden am Bindfaden hinter dem Ofen. – Warum sie so braun wären? – Ja, er hat Malheur gehabt. Er hat sie zusammen mit Taschentüchern und braunen Strümpfen in Sodalauge gekocht. – Merkwürdig, Fräulein von Camphusen lacht kaum. Auch nicht über seine Winterfliege, Musca Kehlbaumi, nach einem Freunde benannt, der sie dressieren will. Aber einen hochmütigen oder prüden Eindruck machte, Anna eigentlich nicht. Sie scheint mehr verdutzt ... Vielleicht weltfremd. – Ob das Licht den ganzen Tag über brenne? (Sollte ihr das elektrische Licht imponieren?) –

Ja, den ganzen Tag. Es gibt viele Wohnungen in Berlin, die jahraus, jahrein niemals Tageslicht, geschweige denn Sonne haben. Und wenn ihre Bewohner sich sonntags mit einem Buch in den Tiergarten setzen, dann haben sie Rivieragefühle. – Er läßt sie aus dem Parterrefenster in den Hof blicken, den er so lieb hat, obwohl es eigentlich nur ein steinerner, verrußter Kamin ist. Aber aus dem Nachbarhofe ragen zwei Kastanienäste herüber, der eine über Fensterhöhe; der spielt, wenn ein Lüftchen weht, mit tausend grünen Fingern auf unsichtbaren Klavieren. Den unteren Ast schützt eine Planke vorm Wind. Seine gespreizten, geschichteten Blätter nehmen sich aus wie ein Teppichmuster, das in die dritte Dimension spukt. Manchmal, nachmittags stellen sich fremde, große Frauen in den Hof und singen ganz laut, ohne sich zu genieren, das Lied: »Das Band zerrissen und du bist frei«, dann wirft man Geldstücke in Papier gewickelt in den Hof hinunter. – All das scheint Fräulein von Camphusen gar nicht zu rühren. – In Gustavens Flucht von einem Zimmer verirrt man sich nicht. – Frau Purmann hat einen großen Öldruck hineingestiftet, die bekannte Reiterstatue, deren Namen man stets vergißt. Midships im Zimmer steht der Kleiderschrank. Öffnet man dessen Tür, so werden aus Gustavens einem Zimmer zwei Zimmer. – Hohe gediegene Stiefel trägt Anna von Camphusen, sie schmiegen sich glatt und sauber um die runden Beine. – Was für Beine! So gediegene Beine! Aber sie könnte jetzt doch einmal ein gutes Wort finden. Plötzlich träumt er von einem gebatikten Lampenbehang, der an die aufregende bunte Bühne auf einem Bilde von Weißgerber erinnert. – Gussi fragt treulich: »Weißt du noch, wie wir morgens auf der Anlegebrücke frühstückten?« – Genau weiß ich's. Wir legten die Butterbrotpapiere auf die Mole nieder, neugierig, was der Wind mit ihnen anstellen würde. Manche trotzten. Andere überschlugen sich zweimal und schliefen dann ein. Wieder andere glitten schwankend, stockend vorwärts, wie eine landende Krähe oder wie ein windentführter Regenschirm. Und jenes eine, das nach langer Bedenkzeit auf einmal unaufhaltsam davonrutschte und einem weißbehosten Popo glich, und darauf nun das kleine, zerknautschte Papier eifersüchtig hinterdrein kullerte ... was haben wir gelacht? Daß die wichtigen Zollbeamten über uns und wir wieder über die Zollbeamten lachen mußten. – Auf Frau Grätke und die Nachbarn wird die Equipage aber ihre Wirkung nicht verfehlen. Für Gustaven ist es dieserzeit keine stolze Wonne, durch Volk zu fahren. Er späht auch nicht etwa nach Bekannten aus, die ihn zufällig bemerken und dann weiterberichten möchten. Außerdem weiß der städtische verkünstelte Geschmack Ledergeruch und Kommißstiefel überhaupt nicht richtig zu würdigen. – Auch Frau von Camphusen hat bei aller Liebenswürdigkeit jene sonderbare Zurückhaltung an sich. Die Villa ist im Vorort gelegen, hat Einfahrt, Vestibül und Etagen mit vielen Spezialräumen. Aber die Bilder an den hohen Wänden weichen den Blicken aus. Der auserlesene Wein macht Gustaven redefroh, bis er gewahrt, daß Gussi und Anna seine wachsende Freimütigkeit besorgt verfolgen. – Einmal, als der sympathische alte Herr Gustaven zutrinkt, »es freue ihn stets, wenn ein Vaterlandsverteidiger sich in seinem Hause wohlfühlt ...«, geht ein warmer Hauch durch den Speisesaal. Aber Gustav hat Schnupfen und vergaß sein Schnupftuch. Und ins Gästebuch, das man ihm vorlegte, schrieb er endlich: »Das Leben ...« (»ist« wäre schon bedenklich viel behauptet). – Nun fragten sie ihn, was das heißen soll. Camphusens tun recht daran, so geradeaus zu leben und zu fragen. – In seiner Bude, die ihm Untertan und vertraut ist, legt Gustav den steifen Kragen ab und vergräbt sich behaglich geborgen in sein Bett. Wenn er hustet, brummt ein Geist in der Matratze mit. – Der Wasserhahn überm Waschtisch hält nicht dicht. Der Gummi taugt nichts. Deutschland ist ja heruntergekommen. Nun tropft es die ganze Nacht hindurch tropf ... tropf ... als ob jemand im Hofe Teppiche klopfe. Oder, wenn man noch fester andreht, als ob draußen jemand vorbeiginge, der zum Bahnhof will. Und schließt man mit äußerster Kraft, dann wird es ein Schutzmann, der auf und ab geht. – Alle äußeren Sorgen zerfielen mit eins, wenn sie seine Frau würde; in Ruhe könnte er schreiben und Gutes tun und sie glücklich machen. – Wieder fällt ihm der Lampenschirm ein und eine kluge, nebenbei (sehr, sehr nebenbei) auch wohlhabende Frau, die alles versteht, der man alles sagen kann. – Am Freitag wird Gustav die Anna und die Gussi spazieren führen. Wird es auch mit ihr so werden, wie es mit den andern war? Daß sie in einer weichen Stunde dann seufzt: »Könnte ich dir doch etwas sein!« Und dann vollzieht sich allmählich kältend, stetig, das Durchschauen. Sie hat nie einen eigenen Gedanken, nie eine Überraschung. Oder ist sie nur Weib. Oder unordentlich. – Das Durchschauen möglichst hinauszuschieben, darauf käme es vielleicht an. Jenes reizvolle Fremdsein genießen wie wunderstarre, kalte Sternennacht.

8.

– – zusammengebundene Leichen, die gestern aus der Spree gelandet wurden, die Zwergin Kosanko aus der Skalitzerstraße 210 und der wegen Sittlichkeitsverbrechen mehrfach vorbestrafte Rechnungsrat B. rekognosziert.

Mein Privatehrenbürger von Berlin,
deine Billigung, der ich sicher war, bringt mich wieder in Form. Denn Purmanns hatten mich im Mörser ihrer Geringschätzung mit dem Vorwurf der Unbeständigkeit total zermürbt. Dabei ahnte Elfchen nicht, daß ich außer den Fett- und Sahnetöpfen sogar noch eine reiche Bauerswitwe ausgeschlagen hatte, die Gutspächterin. Was brauchen unsere Frauen von unserer Kunst zu verstehen, Deeters? – Ich ließ mich von der blanken Bäuerin in die Schweineställe einführen, wo es zur Fütterung klingt wie tausendfältig Rülpsen nach Kakao. In Kuhduft und Sonne schmolz das Nikotin, wurden die Nerven sanft, und ich lachte in der Hängematte über die kinoartigen Bewegungen der Hühner. Eine Sau schlief im Hof. Die Fliegen hatten ihr blutige Wunden hinter die Ohren eingefressen. Ein kühnes Küken sprang auf die Sau und pickte die Fliegen weg; ich habe gezählt: In einer Minute 72 Fliegen, also in der Stunde 4320, also im Jahre?! – Nachts, denn dort stieg man durchs Fenster aus und ein, besuchten wir das Birr-Grab in der Heide. Denn dort gibt es Mondenschein und Rehe und Sturm. – Wir sind auch Boot gefahren. Und dabei habe ich das einzige tiefere Erlebnis gehabt. Nicht mit der Bäuerin. Die war albern, unecht. Aber Gänse beknabberten ein Paket, das auf dem Flüßchen trieb. Als ich die nasse Hülle neugierig aufzupfte, enthielt sie Druckbogen einer Kolportageschrift, immer wieder nur die Seiten 22 bis 29, und zwischen den mittelsten, ganz trocken gebliebenen, hing ein abgerissenes Stück vom Titelblatt, darauf noch zu lesen war: liner Roma. – Da habe ich nachgesonnen, wie das Paket in das Flüßchen geriet, und das schien mir nun ein Geheimnis. Ein Geheimnis auf dem Lande, wo man sonst alles übersieht und um jedermanns Treiben weiß. Und was bedeutet liner Roma? Da fehlt was vorn und was hinten. Ich

hab' mir's ergänzt »Berliner Romane«. Berliner Romane haben meist keinen ordentlichen Anfang und kein rechtes Ende. (Übrigens die Nuscha war auch mir nie wieder begegnet. Sehr schön so. Eine Erinnerung wie Jasmingeruch.) – Wohl war zwei Stunden von Sidows ab ein Städtchen zu erreichen, grünlich getüncht und mit verborgenen Turmspitzen. Auf dem Kirchhof im Efeu liegen Steintafeln wie gestaute Eisschollen, und umgitterte Gräber wie Schiffe. Darüber schatten fruchtbare Birnenbäume, gedüngt von Toten der achtziger Jahre. Ich aber sehnte mich nach einem Zeitungskiosk, der die neuesten Beine von Tanzsternen zeigt und die semmelheiße Nachricht bringt, daß in Tokio vier Kasernen brennen. – Frau von Sidow haßt die Großstadt, die sei hart und schartig wie Austernbank, Gehäuse an Gehäuse. Erzählt Frau von Sidow von den Streiks oder den Straßenkämpfen im Zeitungsviertel, dann sollen ich und die Hausdame mit den Köpfen nicken, wie Omnibusschimmel. Da hab' ich gesagt, es sei gar nicht so schlimm gewesen, immer nur zwei Tote. Und die Löcher in den Mauern habe man andern Tags wieder zugegipst. – Das hat aber meine adlige Brot-, Bett- und Ofenherrin arg verstimmt. – Andermal, weil sie mich in den Wald bestellte, fragte sie: »Nicht wahr, Sie lieben doch auch die Natur?« Da hab' ich gesagt: »Nein.« – Danach lernte ich nicken. Nur noch einmal, mit einer scheuen Saatkrähe, habe ich über das aufgestocherte Berlin gesprochen; von den schreienden Rednern erzählt, über 100 Milliarden von Hüten, und von den Matrosen auf Panzerautos, die die Häuser erbeben machten. Vom sektsaufenden Pöbelmund, den öffentlichen Diebesbörsen. Das ganze große Erheben. Das behält seine Farben in meinem Gedächtnis. – Ich half im Garten graben, und wenn die impulsive, despotische, freundliche Jüdin auf dem Piano oder Tennis oder mit fremden Sprachen und mit all und jeder Kunst und Wissenschaft spielte, wurde ich zugezogen. Was fehlte zu ihren Millionen? zu ihren guten Büchern und Bildern? zu ihren traumschwarzen und pelzweichen Augen? – Sie wußte ganz tief verschwommen zu philosophieren. Aber ich saß dabei wie ein Klotz, sehnte mich nach Leuten, die ihren Geist verstecken. Nach einmal Betrunkensein im Panoptikum und nach täglich neuen verblüffenden Plakaten, statt des albernen Mohren mit Malzextrakt. Zwar hatte mir Frau von S. aus freien Stücken 50 Mark Taschengeld zugesagt. Aber das Schweinefliegenzählen ermüdet. Und wer mag auf die Dauer immer zum Fenster hinausspringen. Und laß Birr begraben sein. Und so fing ich an, mir eine manierliche, entblüffende Kündigungsrede einzustudieren. So im Sinne Noktavians ... »Wie der Matrose sich immer wieder hinaus aufs tobende Meer sehnt ... wie es der Deutsche, der einmal in Afrika gelebt hat, nimmer lange in der Heimat aushält ... wie die Zigeuner ...« – Aber dann, eines Tages, diese Rede völlig beiseiteschiebend, bin ich ganz plump mit den Worten herausgestolpert: »Entschuldigen Sie, morgen reise ich ab.« – Und nun umgaukeln mich wieder die Möglichkeiten Berlins. Nur du fehlst.

9.

Welche edeldenkende, energische robuste Dame verhilft jungem kriegsverarmten Manne zu einem Paletot? Heirat nicht ausgeschlossen.
A. 16 Exped. d. Bl.

»Aber Herr Gastein, es fängt an zu regnen.« – Doch er zeigt ihnen Gestalten, hübsche und häßliche und die unsicheren und speziell die komischen. Die Felsblöcke mit summenden Grotten sind ihr bekannt aus Vaters Fabrik. Auch die Schreibstuben, darinnen es hagelt wie Maschinengewehrfeuer bei den Liliputs. – Da! Dort! Dieser Eckstein! Jene technische Straßenwarze! Oder hier die Mauernische! Daran schlendert man so vorbei, aber nachts haben diese Dinge vielleicht Bedeutung, spukhafte oder grausige Bedeutung. Nachts kichert, rauscht und knistert es allenthalben. Und im Spuk werden dann zur Bühne alle die verwunschenen Winkel, wo tags die Hunde hinpink ... – »Herr Gastein, es regnet!« Um so besser. Das schwemmt wieder Billiarden von Großstadtbazillen in die Schleusen. – Wer sitzt dort unter der Litfaßsäule? Für wen halten Sie den? Den Mann? Nun, das ist ein armer Stiefelputzer! – Ganz bestimmt nicht, aber vielleicht ein reicher Stiefelputzer oder ein Detektiv auf Posten. – Sie lesen dahinwandernd links und rechts Firmen. Und Fundbüro, Leihamt, Akademie, ... XII. Oberrealschule, Verein für ... Auf jeden Berliner kommen sechs öffentliche Einrichtungen, ohne die Bedürfnisanstalt ... »Mein Kleid ist hin. Ich bin total durchnäßt.« – Blicken Sie auch mitunter nach oben. Dort ganz oben, dem lieben Gott und dem Mars viel näher als wir, wohnen unlegitime Fürsten, ohne Gewissen, ohne Ehre und ohne Würde. Denn waren es aristokratische Hausbesitzer, die neulich ihr Kommando zur Française bewunderten, so werden es andere Leute sein, die ihnen morgen mitleidig ihre Unterhose abkaufen. – »Das verstehe ich nicht: Fürsten ... Unterhose?« – Nun, junge Leute sind's ... sie suchen sich aus Lügen herauszulügen. Und manchen gelingt es, aus Leinewand, Kohldampf und grauen Haaren ... Gold zu kochen. Kluge Leute, die wohl wissen, daß erreichtes Ziel luxuriösen Stillstand bedeutet und daß dann vergötterter Krebsgang folgt. Aber doch hetzen sie sich 24 Stunden qualvoll theaternd ab, um für einen antiken Bronzeleuchter 10 Mark zu erbetteln. Und nachts liegen nackte oder buntumhüllte Nuschas auf ihren Tischen und trinken Allasch aus Eierbechern, ebenso auf Berühmtheit gefaßt wie auf Pfändung. – Fräulein von Camphusen spricht nur mehr mit ihrer Freundin. – Gussi will versöhnen. – Dort oben zweiter Stock, zweites Fenster von links, hinter den erstklassigen Pensionsgardinen verbrennt ein gespannt lauschender Feinmechaniker Briefe, Kofferadressen, Gegenstände ... Morgen will er reich sein. Gestern hat er eine Witwe erdrosselt. – »Wen? – Wieso? – Woher?« – Ich weiß es nicht aber ... man liest es doch täglich. – »Höre Gustav«, sagte Feridell, »nässer werden wir doch nicht, wollen wir nicht endlich ...« – Gut. Er führt sie in dunkle, bemalte Hausflure, über halsbrecherische Stiegen, in Hinterhöfe und überraschende Durchgänge. Dort im Stockwerk fädeln und stechen junge, verkümmerte Mädchen tagaus, tagein, bis sie spitze Nasen bekommen und auf einem sauren Sparkassenbuch sterben. Die Direktrice geht nächste Woche mit einem phantastischen Hochstapler durch. – Dort sind auch Junggesellenwohnungen und Aftermieter-Boudoirs, die man einmal nachts wie ein Dieb betritt und nie wiederfinden würde. Später besinnt man sich auf einen Bärtigen, der im Schlafrock vorlas aus »Die Bienenfabel oder der Nutzen der Privatlaster für das öffentliche Wohl« ... – Anna ist verstimmt. – Indem Gussi vermitteln will, bekennt sie sich restlos offen zu ihm. Das rührt ihn. – »Dein abscheuliches Berlin! Wie ganz anders, wie schön war es damals dort auf der Mole ... –« – Ja Gussi, es war dort so schön, weil wir es hier ähnlichen Menschen erzählen oder verbergen würden. – Im Spaßmachen, Unsinntreiben, da hat seine rege Phantasie leichten Sieg. – Wenn man Bauchreden erlernte, könnte man sich selber Rätsel aufgeben und beantworten oder sich mit sich streiten. – So gewinnt er Annen zurück. – Ihnen rollt ein Schlachterwagen vorbei, der eine Kuh am Strick nachzieht. Sie muß Trab laufen, das Euter schwabbelt lächerlich hin und her, und sie glitscht auf dem spiegelnden Asphalt häufig aus. – Auf dem Lande drehen sich die Leute nach einem englischen Offizier um. Die Berliner wenden ihre Köpfe nach einer Kuh oder nach singenden Spaziergängern. – Anna hält die Kuh für ein abscheuliches Tier, wegen der Kruste. Worauf Gustav es für denkbar erklärt, daß eine halbtaube Frau jetzt einwerfen könnte, die Kruste sei gerade das Beste. Alle drei lachen noch in der Konzertloge. Das Parkett ist wie ein Kohlfeld mit Köpfen bedeckt. Schlüge man sie ab, sie fehlten morgen nicht im öffentlichen Gewimmel. – Gustav träumt nachts vorsätzlich von Anna. Auch wachend redet er sich Verliebtheiten vor, deutet es andern gegenüber an. Und Elfchen schenkt ihm eine neue Krawatte und ermahnt ihn, die Gelegenheit zu nützen, nicht so freie Reden zu führen, sich natürlich und bescheiden zu benehmen. – Pah! – Als er noch Matrose war, hatten ihn die Mädchen an den Küsten lieb, weil er sich anders und lustig gab und nicht berechnend, sondern nur flüchtig, vorübergehend erschien. –

Cecilie: Aber doch interessant?

Anna: Ja, wollte mit uns in einem ganz fremden Hause durch die Bodenluke aufs Dach klettern. Um uns die Berliner Alpen zu zeigen, mit Gärten auf Holzzement und Gletschern, wo manchmal wilde Jagden stattfänden, bei denen herrliche kühne Verbrecher erschossen würden.

Cecilie: So sind die Künstler ...

Anna: Ja, aber manchmal so merkwürdig, fast unheimlich. – Ich glaub' er ist nicht ganz richtig. – Ich fürchte mich vor ihm.

10.

Amtsgericht I erläßt ein Aufgebot hinter 20 Verschollenen, deren Todeserklärung beantragt ist.

Nur plaudern, das kostet ja nichts. Im Gegenteil, dann möchte sie noch Bohnenkaffee und Gebäck mit ihm teilen. Die Hure Biela. Und das auszuschlagen, erfordert Überwindung von ihm, dem Hungergeschwächten. – Wie ein von Märchen Entrücktes lauscht sie seinen traurigen Gedichten, schreibt sie dankbar in ein fettiges Heft. Er sagt sie auch innig und echt her; liegt doch hinter ihm eine stundenlange bekümmerte Wanderung durch die Straßen, die er kennt, die ihn nicht kennen. – Man hat sein Drama abgelehnt. Eine halbe Minute oder die Laune eines Lektors, oder einer Gottheit weiser Beschluß zerpflückte ihm das Werk eines Jahres. – Annemarie hat sich von ihm losgesagt, einen Tag bevor seine besten Schuhe barsten. Erbärmliches Leder. – Arbeitern wich er aus, die Schokolade kauten oder Grogdünste, Geldgerüche aushauchten. Ahnt keiner von ihnen, daß das, was in Hauffs Märchen unsere Brust bedrängt und uns Güte ausweinen laßt, daß das heute unter Liftboys leben kann, vielleicht jetzt augenblicklich in der Kakadubar vor der Tafel mit den Renndepeschen zu finden wäre. – Wer nur arbeiten will, Arbeit ist genug da. Herr Purmann hat das über ihn geschüttet wie heißes Blei. Aber Purmanns wissen es nicht besser. Das Glück hängt vom Gewissen ab, aber das Gewissen vom Verstande. – Schuld, Irrtum, Glück, Zufall, Verantwortung ... Lauter durcheinandersiedende Moleküle – Noktavian hat eine Anstellung gefunden. Er besucht vornehme Kundschaft, um Beiträge zu sammeln für ein nationales Privatunternehmen. Viele honorige Stellungslose werben so für ähnliche Vereine unter hohen Protektoraten. Sie betteln erstaunliche Summen zusammen, aber doch nur so viel, daß es gerade die honorigen Spesen der Ehrenamtlichen deckt. Nun kann Noktavian wohl reisen und Beziehungen anknüpfen. – Liebenswürdige Freunde von Gustaven, begabte jüdische Kollegen der Literatur oder Kunst, wußten sich auch durch diese Zeit scharf denkend und beharrlich höher zu schrauben; ließen hier einen überflüssigen Brocken Ehre fallen, zertraten dort unauffällig einen

anständigeren Ringer. – Und denen, die Ruhm und Gold besitzen, nähert sich behaglich der Zufall und segnet sie. Und was uns vorzustellen gelingt, das sind wir auch. Brave, unverantwortliche Soldaten zerfleischen darüber brave, nur geistig anspruchsvollere Brüder. – Und die Gewinnenden? Was gewannen sie? Wer ist heute wahrhaft zufrieden? Oder doch? Oder nein? – Deutschland wurde gar zu arg geschüttelt. – Und wie's kam und wie's auch noch kommen sollte, du, bleierner Gustav, wirst immer auf dem Grunde bleiben. Die Offiziersschärpe und die Kriegsorden anlegen und dich bettelnd in der Wilhelmstraße aufstellen. Nein, das darfst du nicht. Denn du triffst hin und wieder doch anständige Kameraden und besuchst doch zuweilen den feudalen Klub, wo getreue, zum Teil kriegsverstümmelte Helden dauernd Kinder mit dem Bade ausschütten und einem eitlen, beschränkten Götzen huldigen, der sich aus dem Staube gemacht hat. Außerdem werden dir gewiß schon andere mit dieser Idee zuvorgekommen sein. – Denn Berlin ist ja so hoffnungslos abgegrast von der schlingenden niedertretenden Vielheit. – Die Bourgeois? Auch du gehörst ihnen wohl an, den tatenlosen oder den kurzsichtigen oder den steif dummen oder den heimlich zufriedenen Scheinbellern. Und die Radikalsten? Ideale erfüllen sich nie, aber unter wirren Umständen die Taschen. – Und die Verbrecher? Vergreifen sich an den Mittleren und Kleineren. Denn die Tiergartenstraße schützt der Staat, es ist seine Straße. Der Staat ist fett gemästet, ernährt sich nur mehr von jungen, zartesten Gemüsen. Wenn ich Präsident wäre, ich würde ... Geschwätz! – Woge prallt gegen Woge. Wurde mir die Seefahrt doch leid? Ich bin ein verbrauchter Süßwassermatrose, der sein Leben auf dem Lande beschließen möchte. – Die Hochsee hat ihre Wunder, aber in die Tiefe muß man tauchen, sie zu heben, und man kehrt dabei leicht nicht wieder zurück. Andere bescheiden sich, dringen an der Oberfläche rasch vorwärts. Noch ein anderer erhängt sich. Der läuft nur einen Knoten und erreicht doch am ehesten das Ziel. Das wäre etwas für dich, Gustav. Und deine paar Habseligkeiten alle testamentarisch dem einen Freunde vererben, daß die Verwandten und Mäzene wenigstens einmal stutzen würden: »An diesem Deeters muß doch etwas sein ...« – Man plaudert mit ihnen. Immer das gleiche. Unter diesen Mädchen gibt es mitunter noch Altangesessene und auch eine gewisse Kultur in Berlin. – Man weiß im voraus, was Biela antworten wird. – Wie sie sich ihre Zukunft ausmalt? Sie wird mit Ersparnissen ein Blumengeschäft gründen oder Zimmer vermieten, entweder als Kupplerin oder an anständige Herren. – Sie sind gemütlich und ehrlich, solange man an dem barschen Kontrakt nicht rüttelt. Sie bieten dir heute nervenpeitschenden Kaffee und morgen tödliches Gift. – Beiläufig, in ausgelassener Festgesellschaft antwortete Elfchen einer Frau Rat mit komischem, fast rührendem Stolz: »O, als Heinz mit mir in Paris war, damals haben wir auch oft drei Tage und drei Nächte hintereinander durchbummelt ...« Wer verdient das Leben? Alle andern sind schuldbeladen. Ich, Gustav, bin der einzige anständige Charakter. So aussichtslos ... so hoffnungslos ...

11.

– – die Nummer des Autos war nicht beleuchtet. Die Leiche wurde dem Schauhause zur Obduktion überwiesen.

Wollte jemand Gustaven bei Deeters denunzieren, sprechend: Er hält auch vor dir Geheimnisse zurück! – Deeters würde lächelnd abwinken. Klapp den Deckel drauf. – Zwei Stammgäste trinken peinlich kritisch Weiße. Der alte Herr von der Filmbranche bietet dem Herrn Schneidermeister ein Prise an. Dieser ruft dem Kellner etwas zu in dem Dialekt der achtziger Jahre von Kölln jenseits der Spree: »Max, juckeln Se man los mit ihren ollen Zossen ...« – Ein kleiner bärtiger Herr nimmt eilig an diesem Tische Platz. »Vergeben Sie«, kichert er, »wenn ich ehrliche Fußnote in die 22. Zeile Ihres Vorworts einfalle. Sie sind der richtige Berliner, in Berlin die zweite Auflage. Sowas erschien wohl anno 79 bei Hermann, aber was bedeutet es heute? Bestenfalls reiste der Großvater zu und der Enkel verzieht morgen.« Der Sprecher legt Geld auf den Tisch, löffelt die Erbsensuppe in sich hinein und entfernt sich. »Der scheint etwas Manoli zu sein.« – Gustav aber schlendert durch die Nacht, darin, von dunstigen Gespenstern überhuscht, Lichter hängen. Hohe bleiche Monde, ordinäre Butterblumen, an den Stationen aufregend rote Augen über Blutpfützen oder grüne Augen. Und über den Straßen dahingleitend, goldstreuend, der um eine andere Welt wissende Blaufunke. – Wie Gustav gekleidet ist, zu allem fähig, nichts gegen ihn einzuwenden, bemerkt er zufrieden, wie die Geheimpolizisten und andere Spione ihm ratlos nachblicken. Er kennt sie besser, die Strengen wie die Bestechlichen. Im Keller der Bananenliese oder unter der Falltür der grauen Frau öffnet sich ihm, dem bescholtenen Ringkämpfer, vertraulich die Chronique scandaleuse. Es würde aber seine wundersamen Privatstudien unnötig beeinträchtigen, wenn er Bielas Zuhälter anzeigte. Dagegen kommt ihm der Ruf zustatten, den er sich erwarb, als der internationale Dreadnought Kanarienschorsch niederboxte. – Gustav hustet grimmig ein paar seifige Zwitterjünglinge vom Bürgersteig. Und schnackt ein wenig mit dem alten Fuchswolf, der nachts mit einem Knüppel einen Schirmladen bewacht und nebenher geheimen Handel mit amerikanischen Zigaret-

ten und Nacktphotos treibt. Er tauscht einen Witz mit den Droschkenkutschern am Halleschen Tor, läßt sich von Nora neue Anekdoten über Perverslinge erzählen. Und schaut zum hundertsten Male zu, wie ein junges, aber reifes, dralles Mädchen mit einem Puppenwagen den bettelnden Rumpf wegfährt, der allabendlich einige Stunden an der Planke lehnt, wo die parteipolitischen Aufrufe angeschlagen werden. – Im rauchigen Keller von Lutter & Wegner mischt sich Artist Gustav al Ratschild unter eine bezechte Gesellschaft falscher Offiziere und falscher Schauspielerinnen. Da quirlt Lustigkeit aus dem vollen heraus. Denn es kommt den Kavalieren nicht darauf an, der Abortfrau Lewandowsky, die aus Exkrementen russische Zustände und noch Angenehmeres prophezeit, einen Fünfzigmarkschein zu schenken. Und die Damen stecken dem Oberkellner noch höhere, geheimnisglatte Gelder zu. Und jemand bietet Gustaven 200 Mark an, wenn er nur in ein Telephon spräche: »Hier Vorsteher Günther. Der Wagen soll am dritten Gleise warten.« – Niemand außer Gustaven hört in dem Lärm, wie Hoffmann leise an der Wand kratzt, an der Stelle, wo früher das historische Bild hing. Gustav verläßt den Keller, springt drei Schritte rückwärts, weil Murr quer über den Weg huschte. – Und drei Stunden lang für ein verschwiegenes Honorar ist er damit beschäftigt, ein vornehmes Haus in der X-Straße dauernd zu verlassen. Jedes Mal prallt er mit einem Herrn im Pelz zusammen, der dann ruft: »Pardon, die Zeit macht einen nervös.« Jedes Mal antwortet Gustav dann: »Eine Nase läßt sich immer wieder drehen.« Und geleitet die Herren ins Parterre, wo ein Kügelchen über schwarze und rote Felder hüpft. – Gustav, der Chiromant, trinkt bei einer alten Hexe Whisky aus einer Napfkuchenform und unterhält sich flüchtig durch ein sulfurisches Sprachrohr mit Clamur, Machandel und Pipo. – Gustav hinkt. – Hinterm Reichstagsgebäude steckt er den falschen Bart in die Tasche. Ein Irrsinniger spricht ihn an. Ob der Schuß am Hundekehlensee schon gefallen sei? – Gustav nickt, wandelt tief Atem schöpfend weiter, dorthin, wo keine Laternen leuchten, unter die Bäume am Kanal. Lehnt sich übers Geländer und blickt in das tintenartige Fließen. – Als die letzten Schritte eines wankelmütigen Mädchenjägers verhallen, wird es dort unheimlich still. – Gustav summt: Es schwimmt eine Leiche im Landwehrkanal. Reich sie mir mal her, aber knutsch sie nicht so sehr. Dann lauscht er, strengt seine Augen an. – Eine Leiche treibt langsam näher. – »Es schließe sich der Ring!« – »Völlig!« antwortet eine Stimme, die Leiche bremst. Gustav stößt einen Bootshaken in ihren Leib und langt sie damit heraus. Es ist Pinkomeier. Er begleitet Gustaven trällernd, trällert das Lied vom sublunarischen Wandel. Dabei redet er Dummheiten, die morgen vergessene Weisheiten sind. Und Gustav notiert sich einige kluge Bemerkungen, um sie morgen als wirren Blödsinn zu verbrennen. – »Mehr Humor, Gustav, Ataraxie auch im Verrecken!« sagt Pinkomeier. »Du läßt dich vom ersten Eindruck erwürgen. Krieche stumm in die Dinge hinein; alle, die empörendsten, sehen innerlich ganz natürlich fleischfarben aus. Und ob in der Mühle die unterste Bohne bevorzugter sei als die oberste, die bis zuletzt den andern auf den Köpfen tanzt ...? Pah, gehupft wie gesprungen! Studiere du unbekümmert weiter und glaube mir: Es ist kein so großer Unterschied zwischen der Bibel und dem Berliner Adreßbuch.« – Im Morgendämmern, wie etwas ganz Sonderbares, erhebt sich Vogelgeschwätz. Die Spatzen, die Nachtigallen der Stadt. Wovon ernähren sie sich in dieser brotlosen Zeit? Wovon ernähren sich ... – Ein hackender Schritt ertönt, vom Echo der andern Seite geprügelt. Arbeiter mit klappernden Kannen eilen. Dicke Bündel farbloser Röcke schleppen Gemüsekörbe zur Markthalle. Das Volk der Angestellten schwärmt aus, Sklaven. Pedanten, die das Ende eines selbstgekauften Bleistiftes erleben. Bleich, kurzsichtig gewordene Mädchen. Ein gewisser, beinahe familiärer Kommunismus des Kontorlebens bewirkt es, daß sie mit einer Art Heimatgefühl in die kahlen Büros ziehen. – Müde, ohne ein Nachthemd einzuwechseln, sinkt Gustav in den süßen Eintagstod. Aus der Matratze brummt Pinkomeier Gute Nacht. – Nur einmal, kurz aus dem Schlaf erwachend, schaudert es Gustaven, als er Licht in seiner Stube bemerkt und einen bloßen Arm gewahrt, der aus dem Türspalt des Kleiderschrankes herausragt.

12.

L.F. Café Josty Freitag, Adresse wiederholen, wichtig Sporendank, Zürich entschlossen. Vorsicht Postl. 27, Amt 12.

»Heh! Heh! Pst! Wiga!« – Er springt einen kühnen Satz vom Autoomnibus. Das lernt sich hier. »Ich habe Eile, aber ein Stück begleite ich dich.« Wie geht dir's Gustav? »Manchmal ... heute ... hat Berlin einen Himmel. Ich bin dabei, meine Schulden zu bezahlen und zu schenken. Mein Drama ist honoriert, ein guter Freund von mir hat es ...« Du hast viele gute Freunde? – »Mehr Freundinnen.« – Ich träumte gestern von dir, Gustav. In der Kirche. – »In welcher? Es sind ihrer viele hier, manche so verbaut, daß man jahrelang täglich vorbeigeht, ehe man sie hinter Plakaten, zwischen einem Kino und einem Palast der Lebensversicherung entdeckt. Auch richtige Gebete und zauberstarke Frömmigkeit gibt es hier.« – Übrigens Gustav: Ich bin verheiratet. Willst du morgen bei uns essen? Notiere unsere Telephonnummer ... – Es ist eine andere, eine kleine, kluge Frau, die Rotweingläser auf den sauberen Tisch zwischen den beiden parallelen Räkelpolstern stellt. Und selbst nie sentimental, doch gut, treu, zieht sie Kösters rührsame Spieluhr auf. – Miezko, lasest du mein Manuskript? – Ja, manches verstehe ich nicht. – Muß man denn, kann man alles verstehen? – Nein, aber warum verschüttest du die Schönheiten? – Trüffeln stecken immer tief im Dreck. – Aber, Stävle, ich bin doch kein Trüffelschweinchen! – Nein, ich schreibe doch auch kein Dreckchen. Es sind Fetzen, aus Zeit und Ort herausgerissen, nicht die gute alte Zeit, nicht Gulitzsch an der Wipper ... Das Band zerrissen und du bist ... Ach, Miezko, ich bin heute so glücklich. Ich habe mich von Purmanns losgesagt. Nein, nicht jetzt, da ich für acht Tage Seligkeit bei mir habe, sondern vordem, als ich keine Kohlen und kein reines Nachthemd mehr besaß. – Aber Stävle, so, wie du mir die Leute gelobt hast, war es vielleicht doch etwas ... – Nein, Miezko, ich log dich an zu Purmanns Gunsten, als ich erkannte, daß ich mich selbst belogen hatte, und daß Purmanns mich oder sich selber belogen hatten. Und ich bedankte mich, wo sie danken mußten, und steckte beschämt ihre Vorwürfe ein, wo ihr graues Haar ... Soll ich mich um eine Erbschaft verkaufen? Ach,

sprechen wir von anderem! Was erlebtest du inzwischen? – Miezko entzündet eine kleine Laterne mit Butzenscheiben und läßt die gebatikte Bühne von Weißgerber verlöschen. Vier schwache Strahlenbündel pendeln über merkwürdige Kupferstiche, über ostfriesische Möbel und keramische Niedlichkeiten. Frauenbeine schimmern durch ein warmes Violett. – »Es waren mancherlei Besucher bei mir, um ihre Sehnsucht nach München auszuschütten.« – Nach München jener Zeit. Jetzt lebt es sich stärker, gesünder und schneller in Berlin. Hier tröstet die Vielheit der Erscheinungen und Erlebnisse ... »Ja, Stävle, ich habe auch wieder Romane erlebt, seit du ...« – Man entgeht ihnen nicht. Wir erleben sie, hören sie, lesen sie aus Zeitungen, Büchern, und selbst noch in der einsamsten Zelle auf den Oktavbogen, die wir vom augenspießenden Draht abreißen. Und sie kreuzen sich und verwirren sich wie die Bindfäden in Elfchens Schubfach. – »Kehlbaum hat hier eine halbe Flasche Cordial Medoc über Berlin verschimpft, das keine Kultur habe.« – Nein, wenig. Es ist Fremde, unübersehbare, unerschöpfliche offene See, also Weg, nicht Platz. Nur nicht als Wrack dort liegen bleiben, wo es verebbt oder zerschellt. Zuweilen landen, sich träge wonnig erholen, aber dann wieder hinaus. Hindernisse überwinden, ums Leben kämpfen, alle Sinne stets wach und gespannt, denn Strudel und Strömungen locken und drohen. Hinaus, um in der massigen Einsamkeit zu leiden. Woge um Woge, Moment um Moment. (Gustav küßt die Hände seiner Freundin.) Du verstehst mich. Man muß Berlin visionär genießen. – (Sie streichelt sein Haar.) – »Ja, es ist Meer. Manche reisen herbei, um sich darin zu baden oder auch nur zu waschen. Andern gelüstet es nach abenteuerlichen Fahrten. Manche müssen untergehn.« – Prosit Miezko! Wenn der Frühling die städtischen Anlagen beehrt, dann stehl' ich mir einen Zweig, daran zarte gelbe Wollwürstchen hängen, die duften wie: Alles wird einmal wieder gut. – Und die Sonne weckt paradiesische Seligkeiten aus kahlen Kalkwänden. – Miezko will antworten. Da poltert die Tür schreckhaft, und auf der Schwelle steht ein eleganter Neger, der einen Muff und eine Handgranate ...

Dokumente

Oskar Coester[2] an Muschelkalk, 3. April 1953

Lieber Muschelkalk!

Dein Brief hat mich sehr gefreut. Es ist sicher lange her, dass wir uns gesehen haben, aber es war eigentlich keine innere Trennung, sondern es hat immer so schön weiter getan, das Feuerschein der Zuneigung. Bei so vielem Erleben u. Geschehen, ist das kein kleines Wort. Dass es Dir u. Deinem Söhnchen ganz gut ergeht, wusste ich, denn es waren immer Fäden die hin u. her liefen u. es hat mich sehr gefreut für Dich. Uns hier geht es abenteuerlich, aber heute geht es u. vielleicht morgen auch. Fahrt auf hoher See, würde Ringelnatz sagen, Vollschiff gegen Orkan.

Was Du da wissen willst, die Jahre 17, 18, 19 von R. bräuchten eigentlich leicht 10 Seiten Papier zu oberflächlicher Schilderung. Hier nun in Kürze Einiges.

Dieses »liner Roma« entstand parallel zu einem ähnlichen Stammelstück von Kokoschka, das 18 Herbst im Schauspielhaus in Frankfurt a. M. aufgeführt wurde. R. war ein Jahr später dran, der Boden ist derselbe. Verstanden, sollte es glaub ich nicht werden, das war der Sinn dieser Stücke. Abenteuerlich war die Zeit.

R. kam als Offizier im Herbst 18 nach München. Die Zeit war ganz konfus. Wir trafen uns im Herbst 19 in Berlin wieder u. zwar im Café des Westens an einem winzigen Einbeintischchen, an dem er gerade sein Stück ›Vekalien‹ beendet hatte im Lärm des überfüllten Lokal. Die Schweizer Pfennigen u. Hügin, Frau Dietzel, u. andere waren sein Kreis. Ein völlig verdreckter Dichter entrüstete sich eben in diesem Café, bei anderer Gelegenheit, dass R. an diesem Abend die Lasker-Schüler heimgeleitet u. bei ihr um Beischlaf nachgesucht habe, zwecks näheren Kennenlernen's. Dazu schnupfte er Kokain, der Dichter. Es war viel los in Berlin damals, die erste Welle Fluchtrussen war über die Stadt hingegangen. Russisch waren Restaurants u. Theater. R. hatte damals die Turngedichte fertig u. trug sie Foitzick vor, der als Schutz das Palais Rosenberg in der Tiergartenstrasse betreute. Hier wurde beschlossen

2 Oskar Coester (1886–1955), Maler. Langjähriger Freund von Joachim Ringelnatz. Manuskript in der Sammlung Norbert Gescher-Ringelnatz, Berlin. Der Text wurde für diese Ausgabe leicht gekürzt.

an einem Vormittag, den Namen Ringelnatz zu legitimieren. Es war nämlich die Zeit des Auftauchen's von R. In München war er noch ganz unbekannt, hier musste sich entscheiden ob er R. od. B[ötticher]. zeichnen wollte. Foitzick war für R. u. so bliebs. Entscheidend für »liner Roma« waren die Dadakerle. Wer, wen, die nun vorgestellt hat, weiss ich nimmer. George Gross einen Chef von ihnen kannte ich u. in einem Café am Halleschen Tor machten wir untereinander Bekanntschaft. Kokain, war ganz gross überall, von den Soldaten heimgebracht, aber ich glaube nicht, dass R. davon Gebrauch machte. R. hatte schwere Raufereien, so am Wittenbergplatz wo ein Riesenlackel ihn vermöbeln wollte. Die Sache war aber so, dass am anderen Morgen sein Mantel vorn ganz blutig war, während er selbst keine offene Wunde hatte. Der Sinn von »liner Roma« ist, wenn ich es recht verstehe, u. wie ich schon sagte, Wirrniss. Der Chef der Dada's, ein völliger Narr, seinen Namen habe ich vergessen, wurde nur bei festlichen u. grossen Anlässen losgelassen. Dann rannte er in den Dom u. störte die Predigt oder ging in den Reichstag in ähnlichem Sinn. Es müsste hier nun eine viel genauere u. detailierte Schilderung mithelfen.

R. war damals noch ungeheuer konzessionsbereit u. entgegenkommend mit den Mitmenschen, u. wahrscheinlich auch ungeheuer von Hemmungen geplagt. Der Aufstieg ging ganz in Intervallen vor sich. Pfennigen u. Hügin waren brave Schweizer, die sich von dem Chaos um sie her, durch die Geborgenheit ihres Passes getrennt fühlten.

Die Kräfte der Menschen waren noch so unverbraucht. Illusionen blühten noch. Dada, ist ja eigentlich eine grosse Luxussache gewesen, es will zerstören u. wenn zerstört werden soll, muss dazu etwas da sein. Und es war noch da, 10 gute Jahre noch, bis der Adolf kam. Damals 19, wurde blos umgestülpst, später zerstört.

Mit herzlichem Gruss
stets Dein Oskar Coester

Hans Siemsen[3]

Besuch bei Ringelnatz

Es war März 1933. Ich war leichtsinnigerweise aus der Provinz, wo ich mich hätte leichter verbergen können, nach Berlin zurückgekommen. Es war kein Heldenmut, sondern wirklich nur Leichtsinn. Nur der Umstand, daß ich gerade meine Wohnung gewechselt hatte, bewahrte mich davor, gleich in den ersten Tagen von der SA abgeholt zu werden.

Eines Abends (Anfang März) waren ein paar Freunde in meinem Atelier versammelt: die beiden Maler Karl Hofer und E. R. Weiss, die Bildhauerin Renée Sintenis und der Dichter Joachim Ringelnatz. Unsere Stimmung war, wie man sich denken kann, nicht gerade heiter. Wir wußten damals zwar alle nicht, zu welchen Schmutzereien und Bestialitäten die Nazis fähig waren, aber wir waren doch alle mehr oder weniger angeekelt und erwarteten Böses für uns selber und für ganz Deutschland. Abgesehen von mir waren alle Anwesenden recht ›unpolitisch‹. Aber allein schon der Umstand, daß jeder von uns gute und geliebte jüdische Freunde hatte, ließ selbst den politisch Unwissenden erkennen, daß die Nazis eine üble Bande waren.

Wir warteten auf Asta Nielsen. Die war an jenem Tage zu einer Gesellschaft eingeladen, die Josef Goebbels prominenten Film- und Bühnen-Schauspielern gab. Sie hatte uns gefragt, ob sie hingehen solle? Wir hatten ihr zugeraten. Keiner von uns kannte einen höheren, offiziellen Nazi, und wir hätten gerne mal von einem zuverlässigen Freund erfahren, wie diese Leute sich im Privatleben benahmen. Wir wußten von ihnen so viel, wie man von Wanzen weiß.

---

3 Hans Siemsen (1891–1961): Schriftsteller, Filmkritiker, Journalist. Als Sozialist, Homosexueller und bekennender Gegner der Nationalsozialisten entging er der ›Schutzhaft‹ im KZ und Schlimmerem nur durch die Flucht. Bevor er nach Frankreich entkam, versteckten Ringelnatz und Muschelkalk ihn zeitweise in ihrer Wohnung am Sachsenplatz. In seinem französischen Exil gab er *Der Nachlaß von Joachim Ringelnatz* heraus. An einen Freund schrieb er darüber: Das Buch »war schwer herauszugeben, ohne dass die Nazis merken, was eigentlich darin steht. Deshalb musste man manches weglassen oder verschleiern, so dass manches nur für Eingeweihte verständlich ist.« Das Manuskript des hier gedruckten Textes befindet sich in Frankfurter Privatbesitz.

Asta hatte versprochen, von der Goebbels-Gesellschaft aus zu uns zu kommen und uns zu erzählen. Sie kam ziemlich früh.

»Also – wie war es?«

»Ja, Kinder, das ist gar nicht so einfach zu sagen. Aussehn tun sie natürlich scheußlich. Aber sie geben sich große Mühe, den liebenswürdigen, kultivierten Mann zu spielen. Und das, was sie sagen, klingt manchmal ganz vernünftig.«

Sie hatte auf dem Ehrenplatz gesessen zwischen Goebbels und dem ›Führer‹ höchstselbst. Und Goebbels hatte zu ihr gesagt: »Gnädige Frau, Sie halten uns natürlich für eine Bande von Rüpeln und Rowdies. Aber glauben Sie mir, Sie kennen uns nicht. Diese rauhen Methoden waren nötig in unserem Kampf um die Macht. Sonst hätte man uns nie hochkommen lassen. Aber [da] nun der Kampf vorüber ist und wir gesiegt haben, da werden Sie sehen, daß wir große Pläne haben, und daß sich Deutschland unter unserer Führung erst zu einem wirklichen, zu dem führenden Kulturland der Welt entwickeln wird.« Und dann hatte er ihr seine Kultur-Pläne auseinandergesetzt.

Er hatte ihr versichert, daß sie unter den Nazis jeden Film und jede Rolle spielen könne, die sie sich wünsche. Und er hatte geschlossen: »Sehen Sie, gnädige Frau, wir Nazis können nur das Aller-aller-beste brauchen, nur die allerbesten Künstler und Schauspieler, wie z. B. Sie. Wir werden Ihren Namen zu einer neuen Weltberühmtheit führen, neben der sich Hollywood verkriechen muß.«

Asta Nielsen fuhr fort: »Ja, das hat er gesagt. Ich traue ihm nicht. Aber vielleicht meint er es doch ernst? Vielleicht sollte man diesen Nazis doch ein wenig Zeit lassen, damit sie beweisen können, ob sie anständig sind? Ich weiß es nicht. Von Politik habe ich ja leider keine Ahnung. Was meint ihr?«

Betretenes Stillschweigen. Dann sagte Ringelnatz: »Asta, ich habe dieser Tage ein Gedicht gemacht. Soll ich es mal aufsagen?«

Er wurde darum gebeten.

So ist es uns ergangen.
Vergiß es nicht in beßrer Zeit! –
Aber Vöglein singen und sangen,
Und dein Herz sei endlos weit.

Vergiß es nicht! Nur damit du lernst
Zu dem seltsamen Rätsel ›Geschick‹. –
Warum wird, je weiter du dich entfernst,
Desto größer der Blick?

Der Tod geht stolz spazieren.
Doch Sterben ist nur Zeitverlust. –
Dir hängt ein Herz in deiner Brust,
Das darfst du nie verlieren.

Wieder Schweigen. Dann stand Asta Nielsen auf, ging zu Ringelnatz, küßte ihn auf die Stirn und sagte: »Ringel, Du hast mal wieder recht. Ich werde mich mit den Leuten nicht einlassen.«

Zwei Jahre[4] später war Ringelnatz tot. Auf kaltem Wege von den Nazis umgebracht. Und Asta Nielsen lebte in der Schweiz.

4 Nicht ganz: Ringelnatz starb am 17.11.1934.

Appell für Ringelnatz

(*Berliner Tageblatt*, 7. August 1934)[5]

Joachim Ringelnatz ist lungenkrank. Irgendwo liegt er in einem Hospital. Freunde des Dichters versendeten einen Aufruf: »Da schon in den letzten Monaten vor der Erkrankung die Einnahmen aus seinem Schaffen gering waren, müssen wir um die Hilfe seiner Freunde bitten. Die bisherigen Hilfsquellen sind jetzt erschöpft. Wenn man eine Heilung ermöglichen will, müssen noch für viele Monate die Geldbeträge für die Behandlung und seinen Aufenthalt im Krankenhaus aufgebracht werden.« Graf Johannes Kalckreuth, Hermann Mitter, Asta Nielsen, Ernst Rowohlt und Paul Wegener zeichneten den Appell. Das Konto heißt: Hermann Mitter, Sonderkonto Ringelnatz, bei der Commerz- und Privatbank in Leipzig-A, Kasse Markt, Postscheckkonto Leipzig Nr. 68 140.

Im vorigen Jahr noch haben wir mit Artikeln, Reden und Pilsener den jungen Fünfziger gepriesen. Ganz offensichtlich war ihm nicht sehr gemütlich dabei, aber dennoch war er glücklich. Er saß recht verschüchtert da, als man ihn lobte, und mit Lessing mag er es bedacht haben: » – wir wollen weniger gepriesen und fleißiger gelesen sein.« Ringelnatz liebt die Einsamkeit mit sich: auf einer Landstraße, auf einem Kahn, in stillen Schenken oder daheim am Sachsenplatz. »Leise seitwärts schreitet eine zarte Weltallseele«, sagte er mal.

Gegen die Einsamkeit aber im Hospital wehren wir uns. Er ist krank und ohne Geld, und wir müssen nun stumm gegebene Versprechen halten. Wir müssen an die Stunden denken, in denen er mit uns zusammen saß, als wären wir es wert gewesen; wir müssen im Zeichen der vielen Versäumnisse, im Namen unserer großen Schuld an ihm zu danken versuchen. Denn – und das müssen wir laut und bestimmt dem scheuen Mann am Krankenlager zusagen – es geht ja um Himmels willen nicht um Scherflein und Almosen. Er investierte Kapital in uns, und nun der Zins fällig wird, gilt es zu zahlen: Sonderkonto Ringelnatz.

5 Der Text folgt der Ausgabe: *In memoriam Joachim Ringelnatz. Eine Bibliographie, eingefügt in biographische Notizen, unveröffentlichte Gedichte und Erinnerungen der Freunde.* Privatdruck, 1937.

Seine Getreuen brauchen die Freunde des Freundes, um die Hilfe zu fördern. Allesamt müssen wir besorgt sein, den kleinen Mann mit dem großen Kopf, der wie ein bunter Kinderluftballon so besinnlich auf dem dünnen Hals schaukelt, so schnell wie möglich gesund zu wissen. Ringelnatz liebt den jungen Hölderlin: »Ich bin des täglich gewisser, daß Lieb und Freundschaft die Fittiche sind, auf denen wir jedes Ziel erschwingen.«

Ein jeder sehe zu, wie er dem Gebot treu und soweit, wie es ihm möglich erscheint, Genüge tue. Es geht in diesen Tagen und in diesem Falle darum, mit tätigem Anteil einem deutschen Dichter zu bezeugen, wie lieb wir ihn haben.

Muschelkalk an Max Geisenheyner, 9. Oktober 1934[6]

Mein sehr lieber Max!
Hier hat sich inzwischen alles anders gestaltet. Ich habe den schwerkranken Ringel mit Einwilligung der Ärzte nach Hause geholt. Die Ärzte haben ihn aufgegeben. Aber »es kann noch lange dauern«. Ich nahm ihn nach Hause, weil er sich im Krankenhaus allzu unglücklich und einsam fühlte. Er selbst weiß nicht, wie es um ihn steht. Wenn es mir gelingt, ihn durch den Winter zu bringen (ich habe Arzt und Schwestern etc.) müßte man im Frühjahr nach dem Süden. Wenn nur »Lunge und Kehlkopf« krank wären, würde ich hoffen. Aber es hat sich dazu Darm- und Bauchhöhlen-Tuberkulose eingefunden. Der Arme hat sehr zu leiden, liegt stets schlafend oder ganz apathisch da. Wenn die vielen Opiate (gegen Hustenreiz und Durchfall) ihm mal lichte Momente kommen lassen, ist er sehr frisch und weise und lebendig. Ich habe nun jede berufliche Tätigkeit aufgeben müssen, hätte auch gar keine Konzentration mehr dafür. Gelegentlich übersetze ich noch was. Aber meine Sorgen gehen nur noch in einer Richtung. Ich danke Dir für Dein diesbezügliches Interesse. Vielleicht werde ich Dich später einmal sehr brauchen.

Muschelkalk

6 Max Geisenheyner (1884–1960), Schriftsteller und Journalist, langjähriger Freund von Joachim Ringelnatz. Original: Sammlung Möbus/Schmidt-Möbus, Göttingen.

Ringelnatz' Schwester Ottilie Mitter an ihren Sohn Georg, 25. November 1934[7]

Mein liebes Jungchen
heute sind es 8 Tage her, daß Ringel jetzt um diese Zeit sanft einschlief, am Sonntag waren wir noch einmal bei ihm, der friedlich u. heiter wie glücklich träumend im Sarg lag, zugedeckt mit der alten Fahne seines Schiffes u. haben ihm über seine Hand, die so viel Schönes schrieb, gestreichelt. Treue, süße Muschelkalk saß mit ihrer Schwester Gerda im Schlafstübchen u. hielten treu die letzte Wache.

Und Dienstag, [am 25. November] 1/2 3 Uhr ganz nahe in einem Waldfriedhof, der in dichtem Nebel lag war eine wunderschöne kleine Feier in einer mit Kerzen u. Lorbeeren reich geschmückten Halle, auf dem Sarg lag die Fahne u. ein Sträußchen von Muschelkalk u. es erklangen von der Orgel Seemannslieder u. zuletzt »La Paloma« u. unter diesen Klängen wurde der Sarg hinaus getragen. Paul Weg[e]ner sprach wunderbare Worte u. schloß mit dem schönen Gedicht von Ringel an Muschelkalk gerichtet.

»Wenn ich tot bin, sollst um mich nicht trauern
Meine Liebe wird Euch überdauern
Und in fremden Kleidern Dir begegnen
u. Dich segnen.«[8]

Dann sind wir nach Haus gefahren u. Mittwoch mit Muschelkalk zu uns gekommen um den Menschen zu entfliehen. Geschlafen hat sie am Montag u. Dienstag bei Asta Nielsen. – U. nun ist alles vorüber u. doch, wie Du auch schreibst, alles unfaßbar. Sehr schön ist ein Nekrolog in der Frankfurter Zeitung, gestern am Freitag. Es schreiben uns viele u. noch mehr schreiben an Muschelkalk. Sie hat viele wahre Freunde durch ihn. Seine letzten Worte sind zu ihr gesprochen »Lache doch, Muschelkalk«, u. dann hat er sie gestreichelt bis er eingeschlafen ist.

Es küßt Dich
Deine Mutter

7 Original: Sammlung Möbus/Schmidt-Möbus, Göttingen.
8 Korrekter Wortlaut: Seite 188

Ehrgeiz

Ich habe meinen Soldaten aus Blei
Als Kind Verdienstkreuzchen eingeritzt.
Mir selber ging alle Ehre vorbei,
Bis auf zwei Orden, die jeder besitzt.

Und ich pfeife durchaus nicht auf Ehre.
Im Gegenteil. Mein Ideal wäre,
Daß man nach meinem Tod (grano salis)
Ein Gäßchen nach mir benennt, ein ganz schmales
Und krummes Gäßchen, mit niedrigen Türchen,
Mit steilen Treppchen und feilen Hürchen,
Mit Schatten und schiefen Fensterluken.

Dort würde ich spuken.

Quellenverzeichnis

Die Gedicht- und Prosatexte folgen der Ausgabe: Joachim Ringelnatz, Das Gesamtwerk. Herausgegeben von Walter Pape. Directmedia, Berlin 2005 (= Digitale Bibliothek, Band 121).

Oskar Coester, Brief an Muschelkalk, 3. April 1953: Sammlung Gescher-Ringelnatz, Berlin.

Hans Siemsen, Besuch bei Ringelnatz: Privatbesitz, Frankfurt am Main.

Muschelkalk, Brief an Max Geisenheyner, 9. Oktober 1934: Sammlung Möbus/Schmidt-Möbus, Göttingen.

Ottilie Mitter, Brief an ihren Sohn Georg, 25. November 1934: Sammlung Möbus/Schmidt-Möbus, Göttingen.

Brief des Polizeipräsidenten an den Verlag G. Kiepenheuer und Appell für Ringelnatz: Nach In memoriam Joachim Ringelnatz. Eine Bibliographie, eingefügt in biographische Notizen, unveröffentlichte Gedichte und Erinnerungen. Privatdruck [hg. von Muschelkalk Ringelnatz], Leipzig 1937.

Bildnachweis

Abb. 1: Joachim Ringelnatz mit der von Renée Sintenis geschaffenen Büste: Fritz Eschen, 1933: Joachim-Ringelnatz-Stiftung, Cuxhaven.

Abb. 2: Joachim Ringelnatz, signierte Autogrammpostkarte, um 1923: Sammlung Möbus/ Schmidt-Möbus, Göttingen.

Abb. 3: Bühnenfoto, unbekannter Fotograf (Fritz Eschen?): Joachim-Ringelnatz-Stiftung, Cuxhaven.

Abb. 4: Hochbahnstrecke Linie B in Berlin, an der Dennewitzstraße (1905). Landesarchiv Berlin, 08 BVG / II 4179.

Abb. 5: Quittung der »Wilden Bühne«, 1923: Privatbesitz, Köln.

Abb. 6: Joachim Ringelnatz, Federzeichnung Berliner Gans, 1931: Sammlung Möbus/ Schmidt-Möbus, Göttingen

Abb. 7: Joachim Ringelnatz, Exotische Frauen, Aquarell, Sammlung Gescher-Ringelnatz, Berlin.

Abb. 8: Joachim Ringelnatz, Flucht, 1933, Ölgemälde: Original verschollen.

Abb. 9–18: Joachim Ringelnatz, Bilder zu ...liner Roma..., wohl 1922/23, nach einem Exemplar aus der Sammlung Möbus/Schmidt-Möbus, Göttingen.